Salvator Mundi

Part 1

Fred Ray (pseudonyme) fut officier dans une unité opérationnelle de l'armée française, rattachée aux forces spéciales. Il est aujourd'hui banquier d'affaires.

FRED RAY

Salvator Mundi

Part 1

Du même auteur :

Titanium Alpha – Who Dares Wins

Opération Granite Shadow

Kill or Capture

Code Empty Quiver

Crimson Dream

Sea of Deception

Fire and Forget

Silver Arrow

Sleeper Cell

Prologue

Les pages défilaient sur l'écran, mais son esprit était ailleurs. Elle aurait pu regarder un dessin animé, un western, ou lire des colonnes de chiffres abscons, l'intérêt aurait été le même. Un bon porno, peut-être ? Marylin soupira. Discrètement, bien sûr, car elle n'était pas seule. Autour de son bureau, perdu dans un immense open space, des dizaines d'analystes œuvraient à la sécurité nationale des États-Unis. Tout du moins l'espérait-elle. L'ironie de la situation la frappa soudain. La sécurité nationale était aussi son job, après tout. Mais son esprit était pourtant ailleurs. Sur une plage, en Floride. Ses dernières vacances remontaient à six mois. Tim l'avait presque enlevée de force, mise dans un avion, et débarquée à Key West. Trois jours où, pour la première fois depuis qu'elle avait rejoint l'armée, elle avait pu s'abandonner. Oublier. Vivre. Trois jours. Soixante-douze heures. Langoustes, vins hors de prix, amour sur la plage, à la nuit tombée, lorsque ce n'était pas dans la chambre, sous le ventilateur géant, dans la douche, ou sur la petite barque qu'ils avaient louée. Trois jours durant lesquels elle avait pu gouter la vie normale. Celle des gens normaux, qui ne parcourent pas le monde à la recherche de cibles.

Marylin se frotta les yeux. Ces journées entières à fixer un écran lui étaient insupportables à plus d'un titre. Et notamment parce qu'elle sentait que, à chaque heure, une partie de sa rétine se décomposait. Elle était une fille de l'ouest. Du grand air. Elle avait toujours veillé à ne pas se retrouver enfermée dans une pièce, vissée à un fauteuil. Elle aurait peut-être dû faire éleveuse de vaches, dans le Midwest. Elle y avait pensé, secrètement. Mais la pilule aurait été trop dure à avaler pour sa mère. Elle l'avait vue médecin. Ou à défaut, *épouse* de médecin. Elle aurait pu. Elle en avait sans doute les talents, et ses parents les moyens. Ils avaient mis près d'un demi-million de dollars sur un compte d'épargne, pour que sa sœur et elle-même puissent faire les études qu'elles souhaitaient. Elle avait décidé de pousser les portes d'un bureau de recrutement de l'US Navy, à la place. Par goût du défi ? Par esprit de rébellion ? Elle avait besoin d'air, et l'air iodé en valait bien un autre. Surtout là où elle avait grandi, entourée de plaines, de champs à perte de vue. Mais il y avait eu plus. Au fond d'elle-même, elle avait décidé de fuir. Et de souffrir. Elle avait décidé de se confronter à elle-même. Oui, on peut le dire, elle l'avait fait par dépit, autant que par défi.

Pour elle, ce serait donc les *Navy SEALs*. C'est ce qu'elle avait tenté d'expliquer au marin, dans le bureau de recrutement. L'homme l'avait écoutée. Et il avait éclaté de rire. Son temps était précieux et il lui avait conseillé de trouver un mari et de reprendre goût à la vie et aux plaisirs des sens – dans un langage assez fleuri. Marylin s'était levée et lui avait mis une droite en plein visage. Quatre dents cassées et une fracture de la mâchoire plus loin, elle avait visité pour la première fois le poste de police du coin. Et ce fut un juge qui décida réellement de sa vie. Le juge écouta le militaire lui raconter sa terrible agression, puis se tourna vers la jeune femme. Marylin faisait un mètre soixante avec des talons et pesait déjà, à l'époque, moins de cinquante kilos. Elle était garçonne, mais fluette. Presque invisible. Le recruteur était un semi-colosse. Marylin apprendrait lors de cette audience qu'il avait échoué aux sélections BUD/S[1]. Le juge avait semblé perplexe. Et il avait décidé qu'un séjour à l'armée était effectivement ce qui manquait à la jeune femme. Un séjour où elle apprendrait la discipline. Elle rêvait de devenir *Navy SEAL*. Ce n'était pas au juge d'un comté perdu du Midwest d'en décider. Mais elle aurait l'occasion de voir de près ce qu'elle allait sans doute manquer. Peut-être était-ce là la perversion du jugement ? Lui faire toucher du doigt son rêve absurde, afin qu'il se dérobe sous ses pieds et qu'elle expie les dents cassées.

Trois jours plus tard, Marylin recevait son premier paquetage à Coronado, en Californie. Elle n'eut pas le temps d'admirer l'Océan Pacifique. Son sergent avait décidé de la faire souffrir.

« Marylin, tu es avec nous ? »
La jeune femme se redressa.
« Oui, bien sûr », marmonna-t-elle.
« Parfait », répondit l'analyste. « Le boss veut un topo complet sur la situation au Liban. Je crois que tu y as passé un peu de temps. Tu pourras t'en charger ? »
Marylin acquiesça. C'était plus un réflexe conditionné, qu'elle avait appris à Coronado. Elle avait effectivement passé quelques mois à Beyrouth. Elle n'avait pas encore rejoint l'Agence, à l'époque. Mais elle y avait travaillé en parfaite osmose avec la CIA.
L'analyste tourna les talons et laissa Marylin à ses pensées. À ses souvenirs. Et à l'ennui. Mais que pouvait-elle faire ? Elle avait eu sa chance. L'Agence lui avait donné sa chance. Et qu'en avait-elle fait ?

Chapitre 1

« Bon, j'ai reçu les analyses de sang. »
Jenny perdit son regard dans celui du médecin. Sa respiration s'était suspendue. Que pouvait-il lui annoncer ? Pourquoi l'avait-il convoquée, sans rien lui dire par téléphone ? Quel mal portait-elle en elle ? Elle n'avait que quinze ans. Elle n'avait rien vécu, jusque-là.
« Bon, je voudrais te rassurer. Tout va bien. Je voulais réaliser quelques tests complémentaires mais mes craintes n'étaient pas justifiées. »
Jenny sentit le sang se remettre à circuler dans son organisme, et l'oxygène réalimenter son cerveau. C'était comme si tout son corps avait attendu, là, inerte, le verdict définitif. Elle vivrait, donc ? Elle n'était ni malade, ni condamnée ? »
« Quelles craintes ? », tenta-t-elle. Mais le médecin s'était déjà levé, et ignora la question.
« Mais je voudrais réaliser un dernier examen. Est-ce que tu voudrais bien te déshabiller et t'installer sur la table.
Jenny mit quelques secondes à réagir. Son esprit était saturé d'endorphines. Elle était extatique, même si elle ne montrait rien. Elle se leva et commença à déboutonner sa chemise. Le médecin secoua la tête.

« Non, tu peux garder le haut. Juste ton pantalon. Et ta culotte, s'il te plait. Cela fait longtemps que je ne t'ai pas fait de véritable examen gynécologique. »
Jenny haussa les épaules. S'exécuta. Et monta sur la table d'examen. Le médecin déploya des étriers et lui fit poser ses pieds dessus. Puis il se pencha sur son intimité. Les analyses de sang lui avaient-elles fait craindre un cancer du col de l'utérus ? Ou une maladie vénérienne ? Jenny se laissa faire. Le médecin était un professionnel. Il devait savoir ce qu'il faisait. Et de toute façon, comment aurait-elle pu attraper une MST ? S'il lui avait demandé, elle aurait répondu sans gêne. Elle n'avait jamais eu de rapports sexuels. Son petit ami lui avait suggéré, à mots couverts. Mais elle avait fait semblant de ne pas entendre ou de ne pas comprendre. Elle n'était pas encore prête. Le médecin fut étonnamment doux. Elle ne sentit rien. Au bout de quelques minutes, il se releva et lui dit qu'elle pouvait se rhabiller.
« Tu es en parfaite santé, Jenny », conclut-il. « Mais tu devrais faire attention à ce que tu manges. J'ai noté une petite anémie. Tu es jeune. Les jeunes organismes ont besoin d'énergie. »
Jenny acquiesça. Autour d'elle, au lycée, le problème était rarement l'anémie. Plutôt le surpoids, pour ne pas dire l'obésité. Alors oui, elle faisait attention à ce qu'elle mangeait. Elle faisait du sport. Elle avait arrêté les sodas il y a tellement longtemps en arrière qu'elle ne se souvenait plus vraiment le goût d'une gorgée de Coca. Peut-être en faisait-elle trop ? La fin de l'année approchait. Elle pourrait s'accorder quelques plaisirs. L'été n'était-il pas la saison des glaces ? Faire attention à sa ligne ne voulait pas dire ne pas savoir apprécier les bonnes choses. Notamment les glaces à la vanille et aux noix de pécan caramélisées…
Jenny était en parfaite santé et elle venait de recevoir une ordonnance qui exigeait d'elle qu'elle se fasse plaisir. Qui était-elle pour refuser la prescription de son médecin ?

*

Le médecin la regarda sortir et la suivit du regard pendant quelques instants, debout derrière les rideaux qui obscurcissaient la fenêtre de son cabinet. Il vit Jenny retrouver son vélo et disparaître au coin de la rue. Sur son bureau, l'interphone s'était mis à sonner depuis quelques instants déjà. Son assistante voulait lui envoyer le prochain patient. Il attendrait encore. Le médecin retrouva son fauteuil et ouvrit un tiroir, fermé à clé. Le téléphone était là. Il l'alluma et attendit quelques instants qu'il capte le réseau. Lorsqu'on lui avait dit d'utiliser un téléphone à carte prépayée, il avait presque souri. Et ressenti le frisson de l'espion en herbe. Les conversations devaient être confidentielles, lui avait-on dit. Et il serait plus opportun de ne pas utiliser son téléphone personnel. Ce qu'on lui demandait n'était pas illégal, lui avait-on promis. Mais la confidentialité du projet était critique.

Dans le téléphone, il n'y avait qu'un seul numéro enregistré. Il l'appela. Au bout de la quatrième sonnerie, une voix désormais familière lui répondit.
« J'écoute. »
« J'ai un candidat pour votre étude », dit le médecin.
« Je vous écoute », répondit la voix.
« Quinze ans. Elle répond parfaitement aux critères. »
« Parfait », répliqua la voix. « Dites m'en plus… »

*   *   *

« Allez, c'est toi-même qui m'a dit que tu voulais t'amuser ! », lâcha Will.
Jenny haussa les épaules. Après tout, il avait raison. C'était elle qui l'avait appelé. Et c'était elle qui lui avait dit qu'elle voulait se sentir vivante. Son petit-ami n'avait certes pas fait preuve de l'imagination la plus florissante, mais pouvait-elle lui en vouloir ? Penrose, petite ville du Colorado n'était pas Denver. 3 600 habitants et autant de lieux pour s'amuser que dans un quartier de haute sécurité. Le bar était le seul qui acceptait, sous le manteau, de servir de l'alcool aux jeunes. Ce n'était pas la première fois que Jenny venait là. Deux mois plus tôt, elle y avait fêté son anniversaire avec Will, déjà. Et trempé ses lèvres pour la première fois dans un Mojito. Ces mêmes lèvres que Will avait embrassées pour la première fois, ce jour-là. Cela avait été son plus beau cadeau. Cela faisait presque trois ans qu'elle le connaissait. Et qu'elle l'aimait en cachette. Mais comment aurait-elle pu faire autrement ?

Will était le capitaine de l'équipe de foot du lycée. Et il était le plus mignon du lycée. Grand, blond, musculeux. Il aurait pu avoir n'importe quelle fille, à l'école. Mais il avait flashé sur Jenny. C'était un rêve qui devenait réalité. Ce jour-là, Jenny avait été une princesse de conte, l'héroïne des films hollywoodiens où deux êtres beaux, riches et intelligents vivaient un amour pur. La main de Will avait bien essayé de remonter le long de sa cuisse, sous sa jupe. Elle en était restée là. À l'embrasser. Mais sans aller plus loin. Il n'avait pas insisté. Elle n'avait plus eu besoin de repousser des gestes plus entreprenants. Elle n'était pas encore prête. Ni dans sa tête, ni dans son corps. Will avait compris.
« Allez, je vais t'aider », dit son petit-ami. Il attrapa son propre verre et le fit tinter contre celui de la jeune fille. Puis il avala une gorgée de liquide coloré.
« Tu vois ! Je suis toujours en vie », ria-t-il.

Jenny esquissa un rictus. Elle aurait menti en disant que le Mojito avait été mauvais. Mais l'alcool lui avait brulé le gosier, à l'époque. C'était peut-être cela, la fête, chez les jeunes. C'était sans doute un coup à prendre. Qui était-elle pour décider que la fête, la vie, devait s'arroser à l'eau pétillante ou au jus d'orange ? Jenny prit son courage à deux mains, et, dans le coin sombre du bar où ils s'étaient installés, loin des regards indiscrets, et surtout loin des regards d'adultes, elle attrapa le verre de Cosmopolitan et en avala une gorgée. Assez curieusement, elle ne sentit pas l'alcool. Juste le fruit, l'amertume. Et le sucre. Beaucoup de sucre. Elle reposa le verre et se laissa aller. Will était parfois maladroit, mais il était doux. Elle laissa sa main caresser sa joue, puis descendre sur son cou. Will se rapprocha et l'embrassa. Avec délicatesse. Comme un garçon embrassait une fille amoureuse. Amoureuse ? Était-ce cela qu'on appelait l'amour ? Ou n'était-ce que du désir ? Un béguin d'adolescente. Une amourette de lycée. Dans deux ans, elle partirait à l'université. Loin de Penrose. Sans doute loin de Denver. Loin du Colorado. Sa mère voulait l'envoyer à Harvard. Les places y étaient chères. À tous les sens du terme. Will n'irait pas à Harvard. Ni sur la côte est. Ni dans aucune université de l'Ivy League. Il était mignon. Il était bon en football. Mais pas suffisamment pour obtenir une bourse dans une université de premier plan. Les recruteurs n'étaient jamais passés à Penrose. Que seraient-ils bien venus faire dans ce trou ? Will était gentil. Mais d'ici quelques mois, elle passerait à autre chose. Elle vivrait, comme lui avait confirmé son médecin. Et avait tant d'autres choses à vivre.

Lorsqu'elle sentit son esprit s'embrumer, Jenny le mit sur le compte du cocktail. Sans être experte en alcool, elle avait suffisamment entendu dire autour d'elle que la vodka était traitresse. On n'en ressentait pas les effets avant qu'ils ne nous submergent.

« J'ai un peu la tête qui tourne, Will. Est-ce qu'on peut sortir ? J'ai besoin de prendre un peu l'air. »
Will acquiesça, avala le reste de son cocktail et posa un billet sur la table. Puis il passa son bras sous l'épaule de Jenny et ils sortirent. Avant qu'ils n'arrivent à l'extérieur, Jenny trébucha une première fois mais Will la retint. Ses jambes étaient lourdes, tout à coup. Mais il y avait désormais plus. Son esprit était devenu las. Tellement las. Elle se sentait tellement fatiguée. Était-ce le contrecoup de son angoisse du matin ? Elle n'aurait su dire. Car elle ne raisonnait plus clairement. Sa vision se mit à se troubler, et petit à petit, elle sentit son énergie et ses forces s'évaporer complètement. Jenny entendit des mots. La voix de Will ? Était-ce Will qui lui parlait ? N'y avait-il personne d'autre ? Était-ce son esprit qui lui jouait encore des tours, alors que sa lucidité semblait lui échapper. Rapidement, ses membres cessèrent à leur tour de lui répondre. D'abord les jambes. Puis les bras. Puis ce fut le trou noir.

*　　*　　*

« Votre analyse est intéressante », lâcha le responsable de la zone Moyen-Orient. « Mais ne surestimez-vous pas l'entrisme du Hezbollah dans le pays ? »
Marylin venait de commenter sa dernière diapositive. Elle reposa la télécommande, et prit le temps de choisir ses mots. L'homme était un apparatchik, et elle le savait. Il avait été nommé en provenance du Département d'État un mois plus tôt. Pour apporter du sang neuf, on avait dit. Du sang neuf qui n'avait jamais mis une semelle de ses souliers vernis dans la région du Proche ou du Moyen-Orient, tout diplomate qu'il ait été.

La jeune femme essaya d'affecter un visage concentré, comme pour signifier le respect immense que l'homme et sa fulgurance lui inspiraient.

« L'organisation est sans aucun doute la plus puissante du pays. Le Hezbollah dispose de moyens militaires très supérieurs à ceux de l'armée régulière qui, au Liban, tient plus lieu de farce que de force constituée. En sus de ses milices régulières, si j'ose dire, l'organisation s'appuie sur trois autres piliers, complémentaires : un pilier social. Le pays est ruiné et les systèmes sanitaires et sociaux tiennent par des rustines, et ne touchent qu'une fraction ridicule de la population. Un pilier politique. Lors de chacune des dernières élections, le parti de Dieu a obtenu entre 15 et 20% des suffrages. Certes, on peut dire que c'est peu, et d'autant moins lorsqu'on ajoute que l'abstention dépasse les 50%. Mais le parti participe à la vie démocratique et au gouvernement. Enfin, l'organisation dispose de son pilier clandestin. Un versant de ces activités clandestines vise naturellement à menacer Israël et à sécuriser les flux financiers illicites qui le font vivre, notamment le trafic de stupéfiants en Amérique Latine. Mais un autre se concentre sur l'intérieur du pays. Il n'est pas rare que certains opposants un peu trop virulents, ou trop soupçonnés de sympathie envers Israël, fassent de mauvaises rencontres... »

« Qu'ils soient abattus ? », demanda le responsable.

Marylin acquiesça. « Oui, ça arrive... »

« Et que font les autorités, dans ce cas ? »

« Rien », répondit Marylin. « Pour plusieurs raisons. La peur et la lâcheté sont une première explication. Mais il ne faut pas oublier que le peuple libanais reste très nationaliste. L'indépendance du pays compte énormément, aux yeux de la population. Beaucoup de Libanais ne sont dupes de rien en ce qui concerne le Hezbollah, notamment ses liens avec Téhéran et son rôle funeste lors de la dernière guerre contre

Israël. Mais on pardonne aux membres de l'organisation car ils sont Libanais, eux aussi. »

Le responsable du département inclina la tête. Marylin avait fait ses recherches sur le personnage. Au-delà de son incompétence en matière de renseignement, et de sa faible culture diplomatique, il était l'un des représentants de la frange la plus néoconservatrice du parti néoconservateur. Pour lui, les relations internationales devaient être vues à travers un prisme quasi-mystique : celui des Évangélistes les plus exaltés. Marylin était une militaire. Ou plutôt, *avait été* une militaire. Elle avait appris à obéir aux ordres. Mais elle avait aussi appris à faire marcher son cerveau. Lorsqu'elle appartenait encore au DEVGRU[2], elle avait effectué plusieurs longs déploiements dans la région, sous couverture diplomatique, le plus souvent. Elle avait vu de ses propres yeux l'obscurantisme religieux le disputer aux stigmates des régimes clientélistes les plus rétrogrades. Elle y avait vu les entrismes étrangers. Iraniens. Turcs. Saoudiens. Syriens. Israéliens. Américains, parfois. La plupart des pays du Proche et du Moyen-Orient avaient été des champs de bataille par procuration des deux grandes puissances, pendant la Guerre Froide. Et puis lorsque le Mur de Berlin était tombé, ces pays s'étaient soudain rappelés qu'ils étaient musulmans. Et que l'Islam n'avait pas encore purgé sa propre guerre de religion. Le Liban symbolisait ces errances, passant d'une guerre à une autre. D'une domination étrangère à une autre. Et sa structure ethnique et culturelle en avait fait, en sus, l'une des sociétés les plus multiconfessionnelle qui soit. C'était bien ce que Marylin avait tenté de rappeler en introduction de son propos. 30% de Chiites. 30% de Sunnites. 35% de Chrétiens, essentiellement maronites. Et 5% de Druzes, une secte ésotérique, qui se rapprochait du chiisme. Il était arrivé à ces communautés de vivre en paix. Mais à son grand dam, le Liban avait, bien plus souvent qu'à son tour, servi de champ de bataille à des causes mystiques qui le dépassaient largement.

« Comment le combattre ? », demanda l'homme.
Marylin manqua d'éclater de rire. Mais elle se retint, au prix d'un immense effort sur elle-même.
« Je vous demande pardon », répondit-elle.
« Comment pouvons-nous combattre cette organisation ? », répéta l'homme, visiblement agacé de devoir faire un dessin à une jeune femme qui, au mieux, avait la moitié de son âge et certainement moins encore de poids, proportionnellement, au sein de la CIA.
« Le combattre idéologiquement, vous voulez dire ? », tenta Marylin.
« Non, militairement, bien sûr », lâcha le responsable. Puis, plongeant son regard dans celui de la jeune femme. « Vous êtes une ancienne militaire, n'est-ce pas ? »
Marylin acquiesça. « Oui. J'ai passé quelques années au… »
« *SEAL Team 6* ? », la coupa l'homme. « J'étais surpris d'apprendre que les Navy SEALs recrutaient des femmes. Vous étiez dans une unité clandestine, c'est ça ? Avant de rejoindre la direction des opérations, et le SOG. »
Marylin sentit un frisson remonter le long de sa colonne vertébrale à l'évocation de sa précédente affectation.
« En effet », admit Marylin.
« La *ground branch* ? Vous l'avez quittée ? »
Marylin lutta pour ne pas que son visage ne change de couleur. « C'est exact », répondit-elle.
« Ou était-ce elle qui vous a renvoyée ? », reprit le responsable.
« C'est une façon de voir les choses », dit la jeune femme.
Autour de la table de réunion, tous les regards avaient plongé vers la table et la masse de papiers qui avait été distribués. Il était des sujets tabous, ou des joutes verbales auxquelles il valait mieux ne pas participer. La plupart des analystes du département Moyen-Orient connaissaient le

pédigrée de Marylin Gin. Sans en avoir appris tous les détails, qui restaient hautement classifiés, ils savaient notamment qu'elle avait été virée du SOG, et qu'elle n'avait dû sa place actuelle qu'à une intervention politique au plus haut niveau du Pentagone. Marylin disposait sans doute d'amis puissants au ministère de la défense. Mais ses soutiens devenaient plus épars à Langley. Et ils étaient quasi-inexistants à *Foggy Bottom...*

Le responsable du département resta silencieux quelques instants. Était-il en train de jauger cette jeune femme ? De marquer son autorité ? De réunir des éléments pour pouvoir la virer définitivement de l'Agence ? Marylin tenta de rester digne. Elle avait appris à contrôler ses émotions, et ses poussées d'urticaire. Garçonne, elle l'était non seulement physiquement. Mais elle l'était surtout dans son caractère. Si la nature l'avait dotée des attributs qui permettaient de pisser debout, au lieu d'une paire de seins et d'un vagin, elle aurait peut-être pu mal finir. Loubard. Le recruteur de l'US Navy dont elle avait écrasé le visage n'aurait pas dit autre chose. Mais Marylin avait aussi appris. Elle n'était plus la même femme. Douze ans étaient passés. Douze années.

« Bon, je vous remercie pour la présentation », finit par lâcher le responsable du département. L'homme se leva et, entouré de sa garde prétorienne de lèche-culs, il quitta la salle de réunion, laissant Marylin seule, face au rétroprojecteur encore éclairé. La jeune femme réunit les papiers qui avaient été laissés sur la table – en non-respect total des règles de base de confidentialité de l'Agence, mais qui était-elle pour soulever le problème à l'inspection générale de la CIA ? Surtout après ses dernières péripéties... Sur le chemin de son bureau, elle jeta les papiers dans une poubelle spéciale, puis retrouva son fauteuil et son ordinateur. La climatisation fonctionnait à plein régime, mais elle se sentait poisseuse. Pour une fois, elle s'était mise en tailleur, et s'était même maquillée. Cela lui avait rappelé son temps au DEVGRU et ses agapes diplomatiques. Son chemisier lui collait à la peau.

Elle posa ses affaires et se dirigea vers les ascenseurs. L'Agence disposait d'une salle de sport particulièrement bien équipée au sous-sol de l'*Old Headquarters Building*. Des douches étaient logiquement installées à côté. Marylin s'engouffra dans l'une des cabines. Se déshabilla, puis se jeta sous le flot d'eau tiède qui coulait du plafond. Une couche gluante recouvrait sa peau. Qu'était-elle devenue ? Elle avait passé six ans au DEVGRU. Six ans au sein de l'une des unités les plus clandestines de l'US Navy. Six ans au sein du *black squadron*. Oui, le cloporte qui pilotait le département avait raison. Les Navy SEALs ne recrutaient toujours pas de femmes pour les escadrons d'assaut. Des femmes, il y en avait, bien sûr, dans les état-majors, ou à des postes d'analyse ou de soutien logistique. Mais il y avait une exception à la règle. Le *black squadron* n'était pas un groupe d'assaut à proprement parler, au sein du DEVGRU. Pendant deux décennies, il avait rassemblé des unités d'éclaireurs et de snipers. Mais avec l'émergence du terrorisme mondial, et après la chute des tours jumelles, le JSOC qui en assurait le commandement ultime avait ordonné au SEAL Team 6 de modifier ses attributions. D'une unité de snipers, le *black squadron* évolua, comme son nom le prédisposait sans doute, vers plus de clandestinité encore. Ses opérateurs furent expédiés, le plus souvent sous couverture, dans les pays dits de la zone grise, qui n'étaient pas en guerre officielle contre Washington, mais où les groupes terroristes y trouvaient financements, soutiens idéologiques et logistiques. Les opérateurs partaient le plus souvent en couple, pour passer plus facilement inaperçus.

Ces six années de clandestinité lui avaient tout appris. À tuer, notamment. Mais aussi à se maquiller, à savoir mettre en valeur ses attraits physiques. À prendre goût à la manipulation des sens de ses homologues masculins qui, à la vue d'un décolleté, d'une jupe suggestive, de talons à la bonne hauteur ou d'un chemisier à peine transparent, pouvaient se mettre en transe. Marylin avait appris à devenir sexy. À mettre en avant sa féminité. Elle avait naturellement goûté à l'ironie de la situation. Il avait fallu attendre qu'elle rejoigne une unité clandestine de tueurs professionnels pour découvrir sa féminité. Elle avait toujours été attirée par les hommes. Son caractère « garçon » n'avait jamais pris de connotation sexuelle. Elle était hétérosexuelle et satisfaite ainsi. Mais voilà. Avant le DEVGRU, et avant le *black squadron*, il aurait fallu la torturer pour qu'elle se mette en jupe, ou passe du temps dans un magasin de lingerie. Il aurait fallu la menacer pour qu'elle essaie des escarpins. Au grand désespoir de sa mère. Six années et sa vie avait changé. Pourtant, où en était-elle ? Elle n'était plus sur le terrain, un Glock 43 dans son sac à main ou dissimulé dans sa ceinture, sous son chemisier. Elle n'était plus en planque, dans l'un des États moisis où son pays décidait de l'expédier, à attendre qu'une cible sorte de chez elle pour l'abattre. Elle n'était plus la tueuse professionnelle, autorisée à neutraliser les ennemis de l'Amérique que sa hiérarchie lui désignait. Elle n'était même plus une militaire. Ni une paramilitaire. Elle était une *analyste* à la CIA, assise huit heures par jour sur un fauteuil improbable. Ses collègues étaient tous diplômés des meilleures universités de la côte Est. Harvard. Yale. Georgetown. Cornell. MIT, parfois. Elle avait quitté l'école avant d'obtenir son premier cycle. Ce n'était sans doute pas par manque de talent ou d'intelligence. Elle avait fait d'autres choix. Elle avait acquis d'autres compétences. Pour elle, le Liban n'était pas un point sur une carte. Elle avait vécu dans les bas-fonds de Beyrouth, à traquer les cadres du

Hezbollah. Elle avait aussi vécu à Istanbul. À Ankara. Elle avait risqué sa vie pour son pays, et pas simplement sa réputation autour d'une note sur un pays lointain. La plupart de ses collègues l'avaient pourtant bien accueillie. Ils étaient gentils. Ouverts d'esprit.

Imperceptiblement, l'eau était devenue plus fraiche. Elle frissonna sous la douche. Et décida de sortir. Elle se rhabilla. Il était tard. L'open space était déjà à moitié vide. Elle retrouva son sac à main. Par réflexe, elle consulta son téléphone. Son fiancé était déployé à l'autre bout du monde et il était peu vraisemblable qu'il lui ait envoyé autre chose qu'un smiley. Il y avait un message vocal. Marylin appuya sur le bouton d'appel rapide. Le message dura moins d'une minute. C'était sa sœur. Elle ne lui avait pas parlé depuis près de cinq ans.

Chapitre 2

L'homme s'assit sur le bord du lit. La jeune fille dormait profondément. Le médecin lui avait refait une injection quelques minutes auparavant. L'air était chaud et humide, malgré la climatisation qui ronronnait. Lorsque la fille était arrivée, les équipes de petites mains l'avaient nettoyée et auscultée à nouveau. Puis vêtue d'une simple chemise en lin qui lui couvrait le corps, jusqu'à mi-cuisse. L'homme la regarda dormir. Sa poitrine montait et descendait en silence. Elle semblait en paix. Calme. Son visage était détendu.

L'homme posa une main sur sa joue droite. Elle était fraiche. C'était l'effet de la drogue, lui avait-on dit. Dans le creux de son bras droit, étendu sur le lit, le médecin avait fiché une perfusion, qui l'alimentait en nutriments. Toutes les six heures environ, il injectait dans le tuyau un mélange de narcoleptiques et d'anxiolytiques. Depuis quand dormait-elle ainsi ? L'homme l'ignorait. Et il s'en fichait, pour tout dire. Sa main descendit le long de la joue. Il hésita à la poser sur la poitrine de la jeune fille, mais il s'abstint. L'homme l'avait vue entièrement nue. Elle était très belle. Très jeune. Trop jeune, sans doute ? Il passa quelques minutes à l'observer et à écouter sa respiration régulière. Il savait qu'il ne pouvait pas faire plus. Ses ordres étaient clairs. La jeune fille était vierge. Il était impératif qu'elle le reste. Il savait qu'un de ces semblables avait mal compris l'interdit. Une autre jeune fille, un peu plus loin, avait été retrouvée souillée. Son hymen était toujours intact, mais un des gardes avait abusé différemment d'elle. Il ignorait alors que chaque lit était couvert par plusieurs caméras dissimulées. Il avait tenté de nier. Mais lorsqu'on lui avait montré les images, qu'avait-il pu dire ? Qu'aurait-il *pu* dire ?

L'homme savait qu'il prenait des risques, simplement à toucher la fille. Mais il savait aussi que ceux qui contrôlaient les caméras toléraient certaines pratiques. On pouvait toucher avec les yeux. Et quel mal y avait-il à poser une main sur la joue ? Le garde avait, comme ses collègues, assisté à l'exécution du violeur. Cela avait refroidi certaines ardeurs et certaines pulsions.

Dix minutes plus tard, après son tour, le garde avait retrouvé la salle de repos. Une certaine effervescence était palpable.
« Que se passe-t-il ? », demanda-t-il naïvement.
« Le patron doit arriver demain. La fille de la chambre 5 va être transportée sur son bateau. »
Le garde sentit un frisson remonter le long de sa colonne vertébrale. La chambre 5. La fille dont l'un des gardes avait abusé. Comme ses collègues, l'image du visage tuméfié du violeur restait marquée dans son esprit. Il se souvenait encore du canon de l'arme se poser sur sa nuque. Et le son sec, écœurant, qui avait suivi. Les gardiens avaient des ordres. Désobéir n'était pas une bonne idée. On leur avait rappelé d'une façon spectaculaire.
« Je vois », lâcha le garde.
En fait, il ne voyait rien du tout. Il ne savait pas ce que le patron avait à faire avec ces jeunes filles. Les médecins de la clinique passaient régulièrement pour pratiquer des tests sur elles. Le garde savait rester à sa place. Mais l'obsession

de la virginité était troublante. Une obsession absolue. Chaque manipulation gynécologique était visiblement conduite avec les plus extrêmes précautions. L'homme finit par hausser les épaules. Il consulta sa montre. Dans moins d'une heure, il aurait fini son service. Avec un peu de chance, il aurait le temps d'aller se baigner avant de rentrer chez lui. L'eau du Golfe d'Oman était à la température parfaite.

* * *

« Quatre jours », grinça Marylin. « Tu as attendu quatre jours avant de m'appeler. »

« Tu as attendu cinq ans, avant de répondre à un de mes appels », lui répondit sa sœur. « *Cinq ans*, Marylin ! »

Marylin posa une main sur l'épaule de Karen. « Je suis désolée », finit-elle par articuler, après de longues secondes d'un silence pesant. Les rideaux du salon étaient tirés et la pièce plongée dans une pénombre qui ajoutait à la pesanteur terrible du moment. En arrivant, Marylin avait tenté de tirer les rideaux et d'ouvrir les fenêtres. Mais sa sœur lui avait sauté dessus.

« Je suis désolée », répéta Marylin. « Tu ne peux pas savoir combien je suis désolée. Mais tu aurais dû m'appeler avant. J'aurais pu aider », balbutia-t-elle.

« Je veux retrouver Jenny », murmura Karen. « Je veux retrouver ma fille. »

Marylin sentit les muscles de son dos se tendre. « Karen, lors d'un enlèvement, les premières heures sont essentielles. Je peux aider. Je ne demande que ça. Qu'a dit la police ? »

Karen secoua la tête. « Le Sheriff du compté m'a dit qu'il ne pouvait rien faire. Il n'y a aucune trace d'enlèvement. Il m'a dit qu'il pouvait s'agir d'une fugue ! Tu imagines ? Une fugue ? Tu imagines Jenny fuguer ? », cracha Karen.

24

Marylin secoua la tête. Que pouvait-elle répondre ? Elle n'avait pas vu sa sœur et sa nièce depuis cinq ans. Jenny était encore une enfant, à l'époque. Et la rencontre s'était mal passée. Elle ne la connaissait presque pas. Et avait-elle jamais connu sa sœur ?

« Est-ce que tu as appelé le FBI ? », tenta Marylin. « Les Fédéraux sont compétents, en matière d'enlèvement. »

Karen secoua la tête. « Je t'ai appelée, toi ! »

« Karen, je ne suis pas policière. Je peux aider. Mais je ne suis pas magicienne non plus. »

Sa sœur leva un regard humide vers elle. Son visage était presque décharné. Livide. Marylin savait que la pénombre y contribuait beaucoup. Karen avait dix ans de plus qu'elle. Les deux femmes n'avaient jamais été proches, et c'était un délicat euphémisme. Trop de différence d'âge. Des caractères trop opposés. Elle n'avait vu Jenny qu'une poignée de fois. Elle était son unique nièce. Karen avait divorcé de son mari, qui était mort dans un accident de voiture quelques années plus tard. Elle avait élevé sa fille seule.

« Tu es militaire. Tu as des relations. Tu peux faire quelque-chose. »

Marylin soupira. « Je ne suis plus militaire, Karen. Mais peu importe. Je vais t'aider. Je vais t'aider à retrouver Jenny. »

Karen attrapa les mains de sa sœur et les serra entre les siennes.

« Promets-moi que tu retrouveras Jenny ! Mary, promets-moi que tu la retrouveras ! »

Marylin posa une bise sur le front de sa sœur, libéra ses mains de l'étreinte, et se leva. Sa voiture de location était garée à côté de la maison. Elle n'avait jamais mis les pieds à Penrose de sa vie. Mais elle se dit qu'il ne serait pas trop difficile de trouver le poste du Sheriff.

*　　*　　*

« Rien ne prouve qu'il s'agisse bien d'un enlèvement », lâcha le Sheriff du comté de Fremont.

Marylin le transperça du regard. « Et au bout de combien de temps une fugue devient-elle un enlèvement, au Colorado ? », siffla-t-elle.

« Comprenez-moi bien, mademoiselle. Je comprends parfaitement l'angoisse de la famille. Mais nous sommes en sous-effectifs. Lorsque votre sœur est venue, nous l'avons écoutée. Je me suis rendu moi-même à son lycée. J'ai interrogé moi-même ses amis. Votre nièce trainait avec un garçon du même lycée. Les deux ont disparu en même temps. Ils sont en train de passer du bon temps quelque-part, et ils reviendront tranquillement lorsqu'ils auront fini leur virée. »

« Jenny n'est pas du genre à partir comme ça… Avez-vous au moins pu borner son téléphone portable ? »

Le policier secoua la tête. « Non. Le téléphone de votre nièce a été éteint. »

« Bein voyons. Et cela ne vous surprend pas ? Qu'en est-il de celui de son petit ami ? »

« Pareil », avoua le Sheriff.

Marylin sentit la colère l'envahir. Elle aspira une longue goulée d'air.

« Je répète ma question. Cela ne vous surprend pas ? »

Le policier se cala contre le dossier de son fauteuil. « Je ne sais pas d'où vous venez, ma chère. Je ne sais pas comment vivent les gens, là où vous vivez. Mais ici, après trente ans à faire ce métier, plus rien ne me surprend. Les jeunes n'ont rien à faire, ici. À la première occasion, ils partent. Il n'y a plus rien, ici. Les entreprises ferment. J'ai fait ce que je devais faire. Et ce que je *pouvais* faire. Croyez-moi, votre nièce reviendra comme si de rien n'était, un matin. Et vous, comme votre sœur, vous vous souviendrez de ce que je vous ai dit. »

Dix minutes plus tard, Marylin avait retrouvé sa voiture de location et la route 50, qui serpentait le long du fleuve Arkansas. Elle retrouva son téléphone portable, brancha l'oreillette et composa un numéro de mémoire. Les mains crispées sur le volant, elle entendit la voix de son interlocuteur résonner dans le kit mains libres.

« Gary, c'est Marylin. J'aurais un service à te demander. Un service personnel. »

« Je t'écoute », répondit Gary.

« Voilà, j'aurais besoin que tu localises un téléphone pour moi. Il a été éteint, mais tu pourras peut-être m'aider. »

« Sans doute », admit Gary. « Tu peux m'en dire plus ? »

« C'est le téléphone de quelqu'un que je recherche. »

« Oui, ça, j'avais compris », pouffa Gary. « Mais sans vouloir te faire de peine, j'ai besoin d'un peu plus que ça. »

« De quoi ? », demanda la jeune femme. « Tu ne vas pas me dire que tu as besoin d'un mandat ! »

Sur n'importe quelle autre ligne, Gary aurait naturellement immédiatement raccroché. Mais Marylin l'avait appelé sur sa ligne sécurisée, via un algorithme de cryptage « made in CIA » sur son portable. Il y avait des choses dont on ne discutait pas à la légère dans leur domaine d'activité.

« J'ai besoin d'en savoir plus, c'est tout », répondit Gary. « En général, ce type de demande passe par la voie hiérarchique, comme tu le sais », reprit-il. « Je note que tu ne m'appelles pas de Langley. »

Marylin se mordit la lèvre. Elle était une professionnelle. Et une professionnelle devait agir en professionnelle. Gary avait raison.

« Je ne vais pas te mentir », finit-t-elle par lâcher. « C'est vraiment un service personnel. Ma nièce a disparu depuis quatre jours avec son petit-ami. La police pense qu'ils sont en train de prendre du bon temps ensemble. Je connais ma nièce », mentit-elle. « Elle n'est pas du genre à fuguer. Son téléphone et celui de son petit-ami ont été éteints. Le Sheriff

du coin m'a l'air aussi éveillé qu'un ours en hibernation. Ses compétences techniques datent de l'invention du télégraphe, au mieux. J'ai besoin que tu me localises les téléphones. »
Gary resta silencieux pendant quelques instants. Puis il reprit. « Est-ce que tu peux m'envoyer les numéros ? Je vais voir ce que je peux faire. »

*   *   *

Les Smartphone avaient changé la face du monde. Sur leurs écrans portatifs, les honnêtes gens pouvaient accéder depuis leur canapé à une masse gigantesque d'informations ou de divertissements. Mais hélas, aussi répandus qu'ils soient devenus, les téléphones portables modernes n'étaient pas seulement utilisés par les honnêtes gens. Marylin avait appris dans son travail que le monde n'était pas blanc ou noir. Toutes les nuances de gris, du très léger au plus sombre, existaient. Depuis le consommateur de drogue qui cherchait sa dose sur le Dark Net, jusqu'au djihadiste endurci qui s'apprêtait à passer à l'acte, s'il y avait bien une chose qui les reliait, c'était l'usage omniprésent du téléphone portable.

Il était désormais simple d'écouter une communication sur un téléphone. La NSA avait développé près de trente ans en arrière les prémisses d'un programme générique que le monde entier découvrirait en 2013 sous la dénomination de PRISM. En fait, PRISM n'était que la partie émergée de l'iceberg, et qu'une étape dans le processus de surveillance de masse dont l'Agence fut chargée par le Président Bush. Certains hommes politiques, certains chefs d'entreprise, y compris des chefs d'État étrangers furent victime des talents et systèmes prodigieux de la NSA. Des terroristes, aussi, qui furent transformés en chaleur et lumière, ou simplement capturés par les forces spéciales ou clandestines américaines, parce qu'ils avaient mal jugé la confidentialité de leurs communications sur leurs Smartphone. Y compris ceux dont les algorithmes de cryptage natifs étaient censés être incassables. Rien n'était incassable. De même qu'aucun téléphone, même éteint, n'était intraçable. Tant qu'il restait une once d'énergie dans la batterie, certains composants pouvaient émettre des rayonnements, qui pouvaient être captés et triangulés. Avec un certain sens de la facétie, la NSA avait surnommé son logiciel « *The Find* ». Il n'était ni parfait, ni infaillible bien sûr. Il s'appuyait sur un *Troyan* que l'agence de renseignement avait installé en douce, à grande échelle, sur la plupart des systèmes d'exploitation des mobiles, comme Android et iOS. Sans surprise, les constructeurs chinois comme Huawei ou ZTE n'avaient pas été très réceptif aux exigences des services américains.

Lorsque Gary rappela Marylin, deux heures plus tard, il eut une bonne et une mauvaise nouvelle. La mauvaise était que le téléphone de Jenny était littéralement introuvable. La bonne que celui de Will avait été localisé à une poignée de kilomètres au nord de la ville. Dans la réserve naturelle de *Beaver Creek*. Uniquement équipée d'un GPS portable, Marylin se mit immédiatement en route.

La réserve de *Beaver Creek* s'étendait sur plus de 1 600 hectares de forêt et de zones humides où une faune riche avait trouvé refuge. Papillons, rongeurs, espèces protégées d'oiseaux, comme le Merlebleu, qui ne vivait qu'aux États-Unis. Marylin gara sa voiture aussi près que possible de l'endroit où le téléphone de Will avait été repéré. Elle attrapa la carte de la région qu'elle avait achetée dans une boutique, son GPS et glissa son Glock 43 compact dans le creux de ses reins. Puis elle se mit en route. Comme tous les opérateurs féminins du *black squadron*, Marylin avait été recrutée par une voie parallèle. Elle n'avait pas survécu aux terribles épreuves de sélection BUD/S. Mais le DEVGRU n'était pas une unité de gardes champêtres, et les tests physiques et psychiques qu'elle avait dû réussir auraient sans doute été fatals à plus d'un homme parfaitement entraîné. Elle n'était pourtant pas une armoire à glace. Sa silhouette était au contraire svelte, fine. Mais il ne fallait pas s'y tromper. Ses courbes féminines n'empêchaient pas une musculation discrète, mais efficace. Comme ses homologues masculins, elle avait dû enchaîner les tests d'endurance ou de force pure. Tractions, pompes, abdominaux. Des heures de nage, contre les vagues, dans le froid. Et des marches commandos, sac à dos de vingt kilos sur les épaules. Lorsqu'elle avait pu parler avec les opérateurs en charge des sélections, ils avouèrent qu'aucun n'aurait parié un centime sur elle. Elle était trop fluette. Ils s'étaient tous trompé. Marylin leur avait prouvé que l'esprit commandait le corps. Et que son corps n'était pas ce qu'il semblait être.

Il n'y avait personne sur le sentier. Pas âme qui vive. La marche était simple, balisée. Au moins au début. Au bout d'une dizaine de minutes, elle arriva à une jonction. Le sentier partait vers l'ouest et vers une petite colline. Mais le signal avait été capté à l'est, dans une petite gorge. Marylin attrapa le GPS. Si ses calculs étaient bons – et elle n'avait aucun doute qu'ils l'étaient – le téléphone de Will devait se trouver à un kilomètre de là. Lorsqu'elle était arrivée en catastrophe de Langley, Marylin avait commis une erreur de style. Elle avait conservé ses petits sneakers bas. Ce fut certainement le moment de regretter ce choix, car le terrain devint plus difficile. Elle manqua à plusieurs reprises de glisser sur une pierre mal ajustée, ou recouverte de mousse. Mais ses sens étaient doublement en éveil. Car au-delà de l'entorse qu'il fallait éviter, elle put remarquer des traces récentes de passage. Il n'avait pas plu depuis longtemps, et ses instincts de chasseur étaient en éveil. Suffisamment pour repérer les branches cassées et les herbes piétinées. Plusieurs personnes étaient passées par là. Will et Jenny ? Elle se mit à espérer. Et à réfléchir à l'engueulade qu'elle ferait à sa nièce. Et c'est alors qu'elle cherchait les mots, qu'elle le vit.

Marylin se mit à courir et s'agenouilla sur le corps inerte, étendu au bord d'un petit ruisseau. Il était invisible des chemins de randonnées qui traversaient la réserve. Elle se pencha, et chercha un pouls. Mais elle avait déjà compris. Une puanteur terrible commençait à se dégager du corps. Will était mort depuis plusieurs jours. Elle l'inspecta rapidement. Il ne présentait aucune blessure apparente. Sa manche droite avait été retroussée et une seringue était encore fichée dans une veine. Marylin fouilla ses poches. Il avait toujours son portefeuille. 47 dollars en espèces. Son téléphone portable. Effectivement éteint. Rien d'autre. Ou presque. Les traces étaient à peine visibles. Mais Marylin était une professionnelle, et elle remarqua les légères marques rouges sur les poignets du jeune homme. Elle ne savait pas encore ce que les légistes trouveraient dans la seringue. Mais elle était prête à parier qu'il s'agirait d'héroïne. Que la mort serait due à une overdose. Et qu'on avait certainement aidé le pauvre Will à s'injecter le poison mortel.

« Gary, j'ai un autre service à te demander. »
« Tu as retrouvé le petit ami de ta nièce ? », demanda l'agent de la NSA.
« Mort. Je n'ai aucune preuve mais sans doute un meurtre maquillé en overdose. »

« Bordel », lâcha l'espion. « Qu'est-ce que je peux faire pour toi ? »

« Ma nièce n'a pas fugué. Elle a été enlevée. Ou pire encore », soupira Marylin, l'émotion palpable dans sa voix. « J'ai besoin de savoir où son téléphone et celui de Will ont borné dans les douze heures qui ont précédé leur extinction. Mardi dernier. Toute la journée. »

« Je m'en occupe. Prends soin de toi, Marylin. Je ne sais pas quoi te dire », tenta Gary.

« Merci. J'attends ton appel. »

Et elle raccrocha.

Le soleil était haut dans le ciel, et même si l'été avait passé, la chaleur dans la réserve restait suffocante. Des auréoles humides s'étaient dessinées sous les aisselles de Marylin. Elle était partie là encore en coup de vent, sans emporter ses déodorants et anti transpirants dermatologiques. Mais elle savait qu'il y avait plus. Il n'y avait pas que l'air moite. Dans ses veines comme dans ses tempes, la jeune femme pouvait sentir le sang gicler au rythme de ses pulsations cardiaques. Elle avait appris à connaître son corps, et à maîtriser ses réactions. Elle inspira plusieurs longues goulées d'air. Les exercices de respiration l'aidaient à évacuer la tension, le stress ou la colère. Cette impulsivité qui lui avait tant joué des tours, dans le passé. Et pas seulement. Marylin regarda le corps sans vie de Will. Devait-elle appeler la police ? Sans doute. Mais comment pourrait-elle justifier sa présence ici ? Elle ne pouvait parler de Gary, ni du programme clandestin de la NSA. « *The Find* » était utilisé quasi-quotidiennement par ses anciens camarades du JSOC et de la CIA pour traquer les terroristes. Et qui croirait qu'elle était tombée sur le corps de Will en faisant un jogging dans la réserve naturelle ?

Marylin passa encore un peu de temps à analyser les traces, tout autour. Puis elle reprit le chemin de sa voiture de location. Et de la ville de Penrose.

*   *   *

Le bar était loin de la gargote que Marylin avait anticipée. Et des trous à rats de son enfance, où elle aimait à provoquer en duel les joueurs de billard. A l'époque, il y avait ceux qui éclataient de rire, la regardaient de haut et qui finissaient par perdre leur chemise après quelques parties, et les autres qui éclataient de rire, la regardaient de haut, et tentaient de lui mettre une main aux fesses, avant de fuir la queue entre les jambes. Elle n'avait pourtant pas encore appris à tuer, à l'époque. Mais son impulsivité et la justesse de ses coups – dans les parties sensibles de l'anatomie masculine – suffisaient à terroriser les pauvres types. Évidemment, rétrospectivement, Marylin pouvait se féliciter de ne jamais avoir croisé de véritables psychopathes, peu impressionnés par les gesticulations d'une gamine de quinze ou vingt ans. Dans un face à face, la technique et la combattivité comptaient beaucoup. Mais la force physique n'était pas totalement inutile. Et avant de subir les entraînements du DEVGRU, Marylin n'avait eu ni réelle technique, ni réelle force physique.

Le bar ressemblait aux saloons américains. Un grand comptoir en bois sombre derrière lequel un homme d'âge mur astiquait de manière compulsive des verres, debout devant une collection impressionnante de bouteilles de Whisky. Sur une ardoise, une liste de cocktails le disputait aux marques de bière locales. Marylin fit un rapide tour de salle. Presque vide. Deux ou trois hommes étaient assis devant le comptoir, à fixer d'un œil sans doute déjà humide

33

le verre posé devant eux. Dans un coin de la salle, une table était occupée par un couple, en grande conversation, régulièrement ponctuée d'éclats de rire sonores. Elle trouva un tabouret devant le comptoir et grimpa dessus. À côté d'elle, un homme sans âge, penché sur ce qui ressemblait à un énième verre de Téquila, la regarda s'asseoir.

« Salut, ma jolie. Je t'offre un verre », lâcha-t-il.

Même à deux mètres, Marylin put respirer son haleine. Le verre à demi vide qu'il tournait entre ses doigts n'était certainement pas le premier, en effet.

« Va chier », lui répondit-elle sans même tourner la tête.

L'homme resta interloqué pendant quelques instants, comme s'il hésitait à aller plus loin. Mais le barman arriva à cet instant et l'ivrogne prit son verre pour s'installer un peu plus loin.

« Bonjour, qu'est-ce que je peux vous servir ? », demanda le barman.

Marylin le jaugea en un instant. La cinquantaine. Plutôt propre sur lui. Tenue correcte. Élocution très au-dessus de ce qu'on pouvait attendre d'un aubergiste dans un coin perdu du Midwest. Il devait être le patron.

« Une eau pétillante », répondit-elle. « Avec une tranche de citron, de la glace, une paille… » Et alors que le barman allait se retourner vers ses frigos. « Et quelques réponses », ajouta-t-elle.

L'homme fronça les sourcils. « Des réponses à quel genre de question ? »

Marylin attrapa une photo de Jenny dans la poche arrière de son pantalon et la mit devant les yeux du barman.

L'homme scruta la photo, le visage inexpressif. « Et que voulez-vous savoir ? »

« Si vous l'avez vue, par exemple », dit Marylin.

« Aucun souvenir », répliqua le barman, bien trop rapidement à son goût.

Marylin se massa les tempes. « Je crois que nous sommes partis sur de mauvaises bases », commença-t-elle. « C'est ma nièce. Son téléphone a borné mardi dernier dans votre établissement. Et c'est la dernière chose qu'on a pu enregistrer, car elle a disparu sitôt après. Elle a été enlevée. »

Le regard du barman se voila imperceptiblement, mais Marylin poursuivit. « Je ferai ce qu'il faut pour la retrouver. *Tout* ce qu'il faut », insista-t-elle. Puis elle s'avança légèrement au-dessus du comptoir et abaissa sa voix, désormais à peine plus haute qu'un murmure. « S'il faut que je mette le feu à ton bar, que je t'ouvre le ventre et te pende par les couilles à un lampadaire, je n'aurai pas la moindre hésitation. Et je ne ressentirai rien de particulier… »

Le barman sembla hésiter. Devait-il éclater de rire ? Hausser des épaules et appeler la police ? La jeune femme qui se trouvait face à lui devait faire la moitié de son poids. Et quel âge avait-elle ? 30 ans ? 35, tout au plus. Elle faisait plus jeune. Il aurait été tenté d'éclater de rire, mais il y avait quelque-chose dans sa voix calme et posée, dans son regard, dans l'expression de son visage, qui lui arracha plutôt un frisson d'effroi.

« Tout doux », reprit-il. « Inutile de s'énerver. Désolé pour votre nièce. »

Il attrapa la photo que Marylin tenait toujours à la main, la regarda à nouveau.

« Oui. Elle est venue plusieurs fois. Avec Will. C'est un brave garçon. C'est sa petite amie. Ils semblaient amoureux. Je n'en sais pas plus. »

« Et pourquoi la mémoire te revient-elle si vite ? Pourquoi n'as-tu pas parlé tout de suite ? », le relança Marylin.

L'homme parut mal à l'aise. « Il faut me comprendre. Il m'arrive de servir de l'alcool aux jeunes, avant l'âge légal. Je ne le fais pas à tout le monde. Juste aux jeunes que je connais et qui sont réglos et propres. Comme Will. »

Marylin reprit la photo de Jenny et la remit dans la poche de son pantalon.

« Qu'est-ce que tu as vu, mardi dernier ? », demanda-t-elle. « Et je te conseillerais de bien te rappeler. »

L'homme haussa les épaules. « Rien… Rien de spécial… Ils s'étaient mis tous les deux dans l'alcôve, là-bas », dit-il en levant le bras dans la direction d'un coin de la salle. « Ils sont restés… quoi… une heure. Je ne me souviens plus vraiment. Oui… une heure. Et puis ils sont sortis. Et voilà. Rien de plus… »

« Rien de plus ? Tu es sûr ? », lui demanda Marylin, sur un ton encore plus cassant et glaçant.

« Non… Enfin je ne sais plus. Peut-être… », balbutia-t-il. « Écoutez, je ne veux pas d'histoires. Si la police apprend que je sers de l'alcool aux jeunes, je peux perdre ma licence. »

« Je crois que tu ne m'as pas bien entendu la première fois. Ma nièce a disparu. Elle a été enlevée. Si je sors de ton bar sans réponses claires et honnêtes à mes questions, je peux t'assurer que la couleur de ta licence sera le dernier de tes soucis. »

L'homme avala sa salive avec difficulté. « Il y a peut-être quelque-chose. Je crois que la fille avait du mal à marcher. Elle a trébuché en sortant. Will la soutenait. Elle avait peut-être du mal avec l'alcool. Elle a pris un cocktail. Un Mojito peut-être… Non, un Cosmopolitan. »

« Un seul ? »

« Oui, un seul. »

« Et tu n'as pas ajouté un ingrédient mystère, à l'intérieur ? »

« Quel ingrédient ? », demanda naïvement le barman.

« Une drogue quelconque, abruti ! Tu n'as pas assaisonné le cocktail de ma nièce avec une drogue ? Je te conseille vraiment de te mettre à table si tu sais quelque-chose. Car je te jure que si on retrouve ne serait-ce qu'une molécule de GHB ou autre dans le sang de ma nièce, je reviendrai et tu regretteras d'être venu au monde. »

L'homme secoua la tête. « Non… Non… Je ne fais pas ça. On ne fait pas ça, ici », répondit-il sur un ton presque plaintif.

Marylin considéra la réponse.

« Soit… Qu'est-ce qui s'est passé après ? »

« Après ? Je ne comprends pas. Ils sont sortis… »

« Après qu'ils soient sortis, abruti », grinça Marylin.

« Je ne sais pas. Ils ont dû repartir en voiture. Il y avait du monde. Je n'ai pas bougé du comptoir. »

Marylin avait repéré les caméras de surveillance dans les angles Est et Sud de la grande salle, ainsi que la caméra qui filmait la rue, juste au-dessus de l'enseigne lumineuse du bar. C'était un réflexe pavlovien, chez elle. Lorsqu'elle pénétrait dans une pièce, elle comptait les issues, repérait les caméras, et savait embrasser une foule du regard en quelques secondes, pour repérer les individus qui juraient, ou qui avaient un comportement bizarre. Entre sa formation au DEVGRU, ses déploiements dans les pires endroits de la planète et son entraînement à *la Ferme*[3], lorsqu'elle avait rejoint la CIA, elle était au meilleur niveau. Affûtée. Aux aguets.

« Les caméras que j'ai vues en arrivant, ce sont les tiennes ? »

« Oui. Je les ai installées il y a trois ans… »

« Je me fiche des détails », le coupa Marylin. « Est-ce que tu as les enregistrements de mardi dernier ? »

L'homme se gratta la tête. « Mardi, ça va faire juste. Tout est enregistré mais je n'ai pas suffisamment de mémoire pour garder les images sur plusieurs semaines. »

« Je ne te demande pas si tu as filmé le feu d'artifice du 4 juillet. Je te demande si tu as les images de mardi ? », s'agaça la jeune femme.

« C'est possible. On peut aller voir… »

La salle était dans un bordel invraisemblable. Marylin avait suivi le barman vers l'arrière-boutique, où s'empilaient des caisses de bouteilles d'alcools divers jusqu'au plafond. Le Sheriff de Fremont n'avait pas menti, se dit-elle. À part boire, qu'y avait-il à faire, ici ? Ce devait bien être le raisonnement de ceux qui n'avaient plus ni ambition, ni volonté. Le monde était rempli de victimes par nature, qui préféraient sombrer dans l'indolence, l'oisiveté. Dans le vide, en fait. Pour eux, l'alcool aidait beaucoup. La télé aussi. Ils étaient devenus l'opium d'un peuple en déshérence, qui ne regardait plus l'horizon, ni n'imaginait les moyens de le rejoindre. Marylin avait toujours regardé l'horizon, elle. Elle avait toujours cherché à dépasser ses limites, à briser le carcan qui l'enserrait dans sa vie. À fissurer le plafond de verre, sans doute. Mais aussi les murs de verre, qui empêchaient de bouger, et de vivre, tout simplement.

Sur un petit bureau en bois, elle trouva les écrans de contrôle. Chaque caméra était reliée à un enregistreur particulier.
« Passe-moi la bande pour la caméra intérieure. Celle qui dispose du meilleur champ sur l'alcôve », ordonna-t-elle.
Le barman fouilla dans des boîtes, et sortit un disque doré. Son matériel datait du néolithique, visiblement. Les supports d'enregistrement n'étaient pas dématérialisés sur le Cloud ou un disque dur.
Marylin attrapa le disque et le mit dans le lecteur. Avec une petite molette, elle passa rapidement la journée. Puis elle s'arrêta. Jenny venait d'arriver avec Will. Elle les vit s'asseoir. La qualité de l'image était au mieux médiocre, mais Marylin put voir le sourire éclairer le visage de sa nièce. Elle était belle. Elle avait grandi et changé, depuis la dernière fois qu'elle l'avait vue en chair et en os. Marylin soupira et remit la lecture en mode légèrement accéléré. Will disparut. Puis elle le vit revenir, avec les verres à la

main. Les deux amoureux passèrent encore une petite demi-heure à discuter. Puis ils se levèrent et sortirent. Marylin put effectivement voir sa nièce trébucher une première fois, dès qu'elle s'était levée. Comme si elle avait été saoule. Pourtant, elle n'avait pas dû boire plus d'une gorgée ou deux de son cocktail.

« Tu as le film de l'autre caméra intérieure ? »
Le barman acquiesça. Quelques instants plus tard, un nouveau disque avait remplacé le précédent dans le lecteur. La caméra filmait le comptoir et l'autre moitié de la salle. On ne voyait pas l'alcôve dans le champ, mais Marylin put voir Jenny et Will entrer dans le bar et disparaître. Puis elle vit Will revenir, parler avec le barman, attendre au bar… et verser quelque chose dans l'un des verres. Le mouvement avait été furtif. Presque clandestin.
« Bordel », jura Marylin. « C'est cet imbécile qui a drogué Jenny. »
« C'est impossible », gémit le barman, le visage décomposé. « Will est un bon garçon. Il n'aurait pas pu… »
« Il l'a pu… Il l'a fait… Montre-moi les caméras extérieures. »
« Je n'en ai qu'une, qui filme le parking. »
« Eh bien montre-moi le film de *la* caméra extérieure », répliqua la jeune femme.

« Là, c'est la voiture de Will », dit le barman », dit-il en désignant un pick-up cabossé. Et effectivement, Marylin vit Will et Jenny sortir de la voiture et s'engouffrer dans le bar. D'autres voitures arrivèrent, crachèrent leurs passagers. Le manège se poursuivit en accéléré, jusqu'à ce que la silhouette de Will soutenant Jenny apparut à nouveau. Marylin fit défiler le film à vitesse réelle. Will avait passé son bras sous l'épaule de sa nièce, qui avait visiblement de plus en plus de mal à marcher. Elle les vit marcher jusqu'au parking. Mais au lieu de reprendre le pick-up de Will, ils s'arrêtèrent devant une berline sombre. Les portes de la voiture s'ouvrirent à cet instant et deux hommes en sortirent. L'un d'eux discuta quelques instants avec Will. Puis il attrapa Jenny et l'installa à l'arrière de la berline. L'autre posa une main sur l'épaule de Will et lui tendit quelque-chose. Puis l'accompagna vers le pick-up, monta sur le siège passager, et disparut avec Will.

« Tu les connais ? », demanda Marylin.

Le barman secoua la tête. « Non… Je ne crois pas… »

Marylin le transperça du regard. « Je vais te poser la question une nouvelle fois. Réfléchis bien avant de répondre. Est-ce que tu connais ces deux hommes ? »

Le visage du barman était livide. Presque cadavérique. « Non. Je vous promets. Je ne les ai jamais vus. Ils ne sont pas d'ici. »

Marylin soupesa la réponse. « Soit. Je te crois », lâcha-t-elle.

La jeune femme se releva, trouva un morceau de papier et un crayon sur le bureau, écrivit des séries de chiffres dessus. Ce qui ressemblait à un numéro de téléphone, suivi d'autres chiffres, séparés par des virgules. Elle avait pris soin de noter l'emplacement du corps de Will sur son GPS, avant de le quitter.

« Maintenant, tu vas faire ce que je vais te dire de faire. Et tu vas le faire au cordeau. Tu vas appeler ce numéro et demander à parler à l'agent spécial Gleason… *Gleason*, c'est bien compris… Tu vas tout lui expliquer. Tout. Et tu vas lui filer les disques que nous venons de voir ensemble. »

Le visage du barman se décomposa plus encore. « Non… Vous ne comprenez pas… Je ne peux pas… », balbutia-t-il lamentablement. « Le FBI ? »

Marylin reprit, d'une voix aussi calme que possible, mais qui ne put dissimuler totalement l'exaspération qu'elle ressentait. « Tu vas faire ce que je t'ai dit. Tu vas tout dire à l'agent spécial Gleason. Et tu lui diras que c'est de la part de STARDUST. C'est bien compris. »

« STARDUST ? », répéta le barman, ahuri.

« Voila. Il comprendra. Tu lui fourniras les coordonnées que j'ai écrites sur le papier. Ce n'est pas trop compliqué, j'espère. »

Le barman acquiesça.

Marylin allait le quitter, mais elle revint sur ses pas. « Juste un conseil. Si tu oublies d'appeler, si tu oublies une partie de l'histoire, si tu oublies le message, je reviendrai... Je reviendrai et je considérerai que tu es un complice actif de ces ordures. » Elle resta silencieuse pendant quelques secondes. « Et je te promets que tu n'as pas envie de savoir ce que je vais leur faire. »

Marylin retrouva sa voiture de location. Elle attrapa son téléphone.

« Gary, j'ai encore besoin d'un service. Si je te donne un numéro de plaque d'immatriculation, tu peux me faire une recherche immédiate et me donner un nom et une adresse ? C'est vraiment urgent... »

*   *   *

« Comment avez-vous pu laisser une telle abomination se produire ? », hurla le prince.

Le responsable de la clinique était totalement déconfit. Autour de lui, les gardes avaient été réunis dans la salle de conférence.

« La jeune fille est toujours intacte », tenta le médecin.

Mais ce n'était pas ce que le prince attendait et l'éructation se fit plus violente encore.

« Vous n'êtes qu'un cloporte. Un misérable cloporte. Comment pouvez-vous dire une chose pareille. La fille a été souillée. Elle est totalement inutilisable. J'avais pourtant été clair. La virginité des patientes devait être totale. Totale ! Qu'est-ce que vous ne comprenez pas ? »

Le médecin avala sa salive avec difficulté. Mais ce n'était rien en comparaison du visage mortifié des autres gardes. Après tout, ils n'avaient rien pu faire pour empêcher le viol. Et, pour ne rien arranger, le violeur était l'un d'entre eux. *Avait été* l'un d'entre eux. Après son exécution sommaire sur ordre du prince, son corps avait été débité et brûlé dans la centrale thermique qui se trouvait au sous-sol de la clinique. Pour l'administration, l'homme n'avait pas seulement cessé d'exister. Il n'avait *jamais* existé.

Le prince se leva tout à coup et se mit à arpenter la salle de long en large, d'un pas lent. Lorsqu'il ne se trouvait pas sur le sol saoudien, il préférait revêtir l'un de ses innombrables costumes sur mesure. Celui-là était bleu foncé, en laine et soie. Coupé naturellement à la perfection par les meilleurs tailleurs de Londres. Encadrant la porte de la salle de réunion, deux de ses gardes du corps étaient restés immobiles, jusque-là, passant de l'un des convives à l'autre des yeux. Les gardes de la clinique s'imaginaient des durs à cuire. Mais même eux devaient avouer la terreur que ces regards intrusifs leur inspiraient.

« La fille était très prometteuse », cracha le prince. « J'avais étudié son dossier avec attention. »

Le médecin releva la tête, qu'il avait essentiellement maintenue courbée, en signe évident de soumission.

« La nouvelle arrivée est encore plus prometteuse », tenta-t-il.

Le prince interrompit ses pas et se retourna brusquement dans sa direction. « L'Américaine ? »

Le médecin acquiesça.

« Avez-vous conduit tous les tests, déjà ? »

Le médecin inclina imperceptiblement la tête. « Nous sommes en train de conduire les dernières séries d'analyses. Jusque-là, elle nous semble être la meilleure candidate. »

Le prince plongea son regard sombre dans celui du médecin. « Qu'en pense votre patron ? Est-il d'accord avec vos conclusions ? »

Le médecin secoua la tête. « Je n'ai pas encore eu l'occasion d'en… »

Le prince leva une main molle. « Je vous conseille de m'apporter des informations plus claires. Et de vous mettre d'accord entre vous, avant de faire des promesses que vous seriez susceptible de regretter, un jour », l'interrompit-il.

Le médecin baissa à nouveau la tête. « Nous allons redoubler nos efforts. Et finir nos analyses. Vous aurez nos conclusions d'ici une semaine. »

Le prince resta silencieux pendant quelques secondes. Puis il fit signe à ses gardes du corps, qui ouvrirent la porte de la salle et suivirent le prince qui sortit sans un mot de plus. L'un d'eux resta néanmoins en arrière.

« Une semaine », lâcha-t-il en direction du médecin. Puis, se tournant vers l'un des gardes de la clinique. « Est-ce que la fille est prête pour le transfert ? »

Le garde regarda autour de lui, croisa le médecin qui hocha la tête. « Oui, la fille de la chambre 5 peut être transférée », répondit-il.

« Très bien », répliqua simplement le garde du corps du prince. « Emmenez-la dans la camionnette. »

Quelques minutes plus tard, un fauteuil roulant sortit de la clinique, transportant une jeune fille endormie. Les gardes poussèrent le fauteuil jusqu'à une camionnette sombre aux vitres teintées. Avec d'infinies précautions, ils mirent la jeune fille à l'intérieur. Deux gardes du corps montèrent à l'arrière avec elle. Puis la porte de la camionnette se ferma et le véhicule démarra. Le convoi du prince était déjà parti.

De la clinique, on pouvait voir la silhouette élancée du yacht, qui mouillait à quelques centaines de mètres de la côte. Tout autour, une nuée de petites embarcations tournaient en cercle, afin de dissuader les badauds ou inconscients qui auraient souhaité s'approcher un peu trop près du navire.

*   *   *

La voiture de location était encore sur le parking. Il n'avait pas été bien difficile à Marylin de convaincre le responsable de l'agence Hertz de Fremont de lui laisser les clés. Marylin s'installa sur le siège conducteur. Une odeur de détergent lui envahit les narines. Visiblement, ces imbéciles de Hertz prenaient l'hygiène très au sérieux. Ce qui voulait dire qu'il lui faudrait vraisemblablement se brosser pour trouver des empreintes. Mais elle laisserait cette partie du boulot au FBI. Marylin inspecta les rangements, les sièges, le plancher, le coffre. N'importe quel détail pouvait être utile. Mais il n'y avait rien. Pas même un bouton ou un cheveu. Pas un ticket de parking. Aucune trace.

Elle retrouva le siège du conducteur et alluma le GPS du bord. Aucune adresse n'y avait été entrée récemment. Cela ne la surprit pas. Mais Marylin savait que les GPS modernes étaient plus subtils que ça. Elle attrapa son téléphone portable et brancha le Bluetooth. Rapidement, elle se connecta avec le système d'infotainment de la voiture de location. Elle ouvrit alors une application *a priori* anodine sur son portable. Le téléphone lui demanda une identification biométrique et un code alphanumérique long comme le bras, comme à chaque fois qu'elle s'aventurait dans ses entrailles classifiées. Puis elle put aspirer les informations de l'ordinateur de bord de la voiture.

L'application avait été développée par le département technique de la CIA pour les agents de terrain. Elle valait les meilleurs logiciels de la NSA. C'est tout du moins ce que l'un des ingénieurs de l'Agence lui avait dit. Marylin avait haussé les épaules, à l'époque. Pour elle, comme pour ses collègues du SOG, une application clandestine était efficace ou ne l'était pas. Le fait qu'elle puisse être meilleure que celle d'un service concurrent n'avait guère d'importance, lorsqu'on était les pieds dans la boue, dans l'un des pays pourris où l'Agence pourchassait les ennemis de l'Amérique.

Au bout de quelques secondes, Marylin put reconstituer tous les derniers trajets de la voiture. Elle remonta jusqu'au mardi. La voiture avait fait un tour au centre-ville de Penrose, où elle s'était arrêtée pendant une paire d'heures. On la retrouvait ensuite à côté du bar où Jenny s'était fait enlever. Puis elle était partie directement vers l'aéroport de Fremont. Marylin attendit que toutes les données soient stockées sur son téléphone, puis elle déconnecta le Bluetooth. Et retrouva sa propre voiture de location. Elle savait où elle devait se rendre ensuite.

Chapitre 3

L'aéroport de Fremont était à l'image de la région. Poussiéreux. Miteux. Le vestige d'un autre temps. Certaines installations étaient visiblement à la limite de l'insalubrité, crasseuses, délabrées. L'aéroport accueillait apparemment des shows aériens, de temps en temps. C'était sans doute pour cela que les installations ressemblaient plus à celles d'une base militaire qu'à un aéroport international. Marylin se gara sur le parking presque désert, et rejoignit les bureaux de l'administration.

« Quel jour dites-vous ? », demanda une secrétaire qui tenait à peine sur son fauteuil branlant.
« Mardi dernier, fin d'après-midi, début de soirée », répéta Marylin. La jeune femme devait accomplir un effort surhumain sur elle-même afin de ne pas assommer la secrétaire difforme, prendre sa place derrière l'écran et obtenir toute seule les réponses à ses questions.
La secrétaire ajusta ses lunettes carrées et ses doigts potelés s'écrasèrent maladroitement sur le clavier. Elle ne tapait qu'avec son index, une lettre après l'autre.
« Il y a eu six vols au départ de Fremont », finit-elle par lire sur son écran.
« Puis-je avoir les numéros, destinations et liste de passagers ? », demanda Marylin.

La secrétaire se recula et écrasa son arrière-train sur le dossier du fauteuil. « Je ne pense pas. Avez-vous un mandat ou quelque-chose comme ça ? »
Marylin inspira profondément. Elle savait que Gary ou n'importe qui à la CIA pourrait obtenir les informations qu'elle demandait. Mais le temps pressait et chaque minute comptait. Les ravisseurs pouvaient être à l'autre bout du pays, partis au Mexique, comme ils pouvaient aussi être à l'autre bout de l'État, simplement. Sans compter que les coucous qui volaient depuis cet aéroport ne déposaient pas tous un plan de vol dans les règles de l'art... Après le 11 septembre, n'importe quel vol effectué sur n'importe quel aéronef devait être enregistré. Y compris lorsqu'il s'agissait simplement de faire faire quelques « *touch and go* » à des apprentis pilotes. *Surtout* dans ce cas-là, devrait-on dire. Mais petit à petit, la vigilance s'était émoussée, et de plus en plus de pilotes amateurs oubliaient de remplir les formulaires. Cela pouvait parfois conduire à des situations de crise, et il n'était pas rare que des chasseurs de la garde nationale d'un État ou d'un autre soient contraints de décoller en *alpha scramble* de leurs bases pour intercepter un coucou qui avait pensé qu'enregistrer son plan de vol était devenu superflu.

« Je vais être honnête avec vous », dit Marylin en s'avançant au-dessus du comptoir et en prenant un air complice avec la secrétaire. « Je suis journaliste indépendante et je travaille pour la rubrique people. Je travaille sur... oh, je ne sais pas si je peux le dire... »
Le visage de la secrétaire changea imperceptiblement. « Me dire quoi ? »
Marylin secoua la tête. « Ce n'est pas sûr... », dit-elle en affectant un air ennuyé. Puis, se rapprochant encore de la secrétaire. « Est-ce que vous pouvez garder un secret ? »
La femme haussa les épaules. Un rictus complice venait de se dessiner à la commissure de ses lèvres.

« Oui, bien sûr », lâcha-t-elle, en abaissant le ton de sa voix de façon théâtrale. Les secrets s'échangeaient naturellement à voix basse, même lorsqu'il n'y avait personne aux alentours.

Marylin fit semblant d'hésiter, puis se lança. « Soit. Il semblerait qu'une star de cinéma cherche à acquérir un terrain dans la région, afin de faire construire un ranch. »

« Une star ? », répéta la secrétaire, sur un ton ahuri. « Quelle star ? »

« Je ne peux vous le dire. Comprenez-moi bien, c'est un scoop. Je suis cet acteur discrètement depuis plusieurs semaines. Le ranch sera destiné à héberger sa maitresse et la fille qu'ils ont eu ensemble. »

L'histoire devenait croustillante, et Marylin vit les yeux de la secrétaire devenir plus gourmands.

« J'aimerais vous en dire plus… », soupira Marylin. « Mais entre filles, on se comprend. J'ai besoin de savoir dans quel avion et sous quelle fausse identité il se déplace dans le pays. Cela m'aidera à anticiper ses mouvements et à pouvoir le prendre en photo. Cet homme est très prudent. C'est normal, il est l'un des acteurs les plus célèbres et les plus puissants d'Hollywood. »

Marylin vit la secrétaire hésiter. Mais comme elle l'avait anticipé, sa curiosité malsaine fut la plus forte. Marylin la vit se replonger dans son écran, taper à nouveau quelques laborieuses instructions sur son clavier. Puis elle releva un visage rayonnant. À côté de son ordinateur, une imprimante d'un autre âge venait de prendre vie, dans un ronronnement mécanique digne d'une machine à vapeur. Quelques secondes plus tard, la secrétaire boudinée tendit les feuillets à Marylin.

« Qui est l'acteur ? », demanda-t-elle, la main crispée sur les feuilles qu'elle ne voulait pas voir échapper avant d'avoir sa réponse.

Marylin hésita pendant un bref instant à l'assommer d'un coup de poing. Mais elle se dit que ce défoulement n'en valait pas la chandelle. Elle s'approcha un peu plus de la femme et lui lâcha un nom au hasard. De toute façon, elle avait naturellement inventé toute l'histoire cinq minutes plus tôt.

Les yeux de la secrétaire se froncèrent légèrement. « Je le savais », dit-elle, sur un ton presque triomphant. « Avec ses grands airs, je savais qu'il avait quelque-chose à cacher ! »

Marylin lui lança son plus beau sourire, et sentit l'étreinte de la secrétaire sur la liasse de papiers se desserrer. Elle la remercia. Et tourna les talons.

*

Le réseau *Intelink* était particulièrement bien fait. Depuis son Smartphone, et via une multitude de firewalls qui nécessitaient autant de mots de passe ou d'identification biométrique, Marylin put se connecter sur l'intranet du la communauté du renseignement américaine, qui réunissait pas moins de seize agences fédérales. L'immense majorité de ces agences dépendaient du Pentagone, mais on retrouvait aussi les garde-côtes, le département de l'énergie, les services de renseignement du département d'État ou du Trésor. Ainsi que le FBI et la DEA[4], bien sûr. *Intelink* était un terme générique, qui regroupait en fait plusieurs sous-réseaux, dont les accès étaient plus ou moins classifiés. Cela pouvait surprendre les amateurs de théories du complot, mais l'essentiel de la matière première utilisée par ces agences de renseignement provenait de sources publiques. Les secrets existaient, bien sûr. Mais l'immense majorité des données utiles se trouvaient…dans les médias, l'internet public ou les journaux ayant pignon sur rue. Les agences de renseignement avaient toutefois soigné l'interface et la classification de ces informations. Via un navigateur proche de ce que proposait Google, les agents pouvaient utiliser des mots clés pour sortir tout ce dont ils avaient besoin.

Mais ce que cherchait Marylin n'était pas dans la partie « grand public » d'*Intelink*. Même aux États-Unis, les manifestes des vols nationaux n'étaient pas des informations ouvertes. La jeune femme entra les références des vols que la secrétaire lui avait passés. Il y avait eu pas moins de six avions qui avaient décollé de Fremont dans la soirée de mardi. Deux vols qui avaient fait un saut de puce, si l'on pouvait dire, vers Albuquerque au Nouveau-Mexique et Salt Lake City, dans l'Utah. Dans les deux cas, les plans de vol étaient propres et les avions enregistrés en nom propre à des milliardaires locaux. Les quatre autres vols étaient partis vers la côte Est, la côte Ouest, et la Floride. Tous affrétés par des sociétés. Marylin passa quelques minutes à chercher des connexions sur *Intelink-U* – la version non classifiée – puis décida de passer aux choses sérieuses. Un nouveau mot de passe et une nouvelle identification biométrique furent nécessaires pour se connecter à l'*Intelink-S*, sur lequel les informations classifiées « secret » étaient rassemblées. Elle passa quelques instants à pianoter sur son téléphone, cherchant ce que l'on connaissait sur ces sociétés. Analyste de renseignement était un travail ingrat. Long. Fastidieux. Précis. À chaque nœud, on trouvait de nouvelles dérivations, de nouvelles pistes à suivre. Il fallut presque une heure à la jeune femme pour en savoir plus sur les deux avions qui s'étaient envolés vers la côte Ouest. Visiblement, ils étaient hors de cause. Il en restait deux. Un à destination de Boston. Et l'autre de Miami. Mais cela devrait attendre. Le niveau de la batterie du portable de Marylin approchait dangereusement de la zone critique. Elle jura et se déconnecta du réseau. Elle pourrait laisser son téléphone en charge à son hôtel à Penrose. Et de toute façon, elle avait une autre visite à organiser en ville.

*

« Karen, c'est Marylin. »

« Mary, où es-tu ? As-tu retrouvé Jenny ? », lui demanda immédiatement sa sœur.

« J'y travaille », soupira-t-elle. « J'aurais une question à te demander. Qui est le médecin de Jenny ? »

Il y eut un blanc sur la ligne. « Pourquoi poses-tu la question ? On l'a retrouvée ? »

« Non, j'y travaille toujours. Ça progresse, je te le promets. Mais je voulais savoir qui était le médecin de Jenny. »

« Le docteur Maxwell. Il a son cabinet à l'Est de Penrose. »

« Sais-tu si Jenny est allée le voir, récemment ? »

« Pourquoi me poses-tu ces questions ? Est-ce que Maxwell est au courant de quelque-chose ? »

« Réponds juste à ma question. Je n'ai aucune information à ce stade. Je veux simplement ne rien négliger. »

« Il y a quinze jours, je crois. Je l'avais emmenée pour une visite de routine. Elle avait besoin d'un certificat médical pour donner son sang. Il y avait eu une campagne dans la région pour le don du sang. »

« Donner son sang », répéta Marylin. « Je vois. Très bien. Elle a eu ses résultats ? »

« Je ne sais pas, Mary. Je pense... Jenny s'occupe de son courrier elle-même. Mais s'il y avait eu quelque-chose, elle me l'aurait dit », tenta Karen.

« Sans doute », admit Marylin. « Je te rappelle. » Et la ligne devint muette.

Marylin se trouvait toujours dans sa voiture de location. Elle s'était arrêtée à l'endroit précis où la berline des kidnappeurs s'était garée. Il n'y avait rien à un rayon de 100 mètres. À l'exception d'un cabinet médical. Celui du docteur Charles Maxwell. Il était tard et le cabinet semblait fermé. Que pouvait-elle faire ? Il lui serait trivialement simple de pénétrer par effraction au cœur de la nuit, et de fouiller dans les affaires du brave docteur. Mais qu'y cherchait-elle ? En espionnage comme dans bien d'autres domaines, on ne trouvait souvent que ce que l'on cherchait. Elle tapa plusieurs fois sur le volant, comme pour faire sortir la rage qui couvait en elle.

« Bordel ! », jura-t-elle.

Elle soupira. Puis remit sa voiture en marche. Son hôtel était à quelques kilomètres de là. Elle aurait besoin d'avaler un morceau, de prendre une douche, de faire le point. Elle avait encore deux plans de vol à vérifier. Et un rendez-vous avec un médecin à préparer.

*

Il y avait sans doute plusieurs façons de démasquer un pervers. La première était de suivre les règles et la loi et de mener une enquête de longue haleine. On suivait l'homme dans ses déplacements, on mettait son téléphone sur écoute, on tentait d'en savoir plus sur ses connexions internet. C'était la vie du FBI. Et cela prenait des semaines ou des mois. La seconde méthode, qui aurait eu la préférence de Marylin, était de se retrouver dans une pièce sans fenêtre avec le suspect, de lui briser quelques os et de coller un pistolet automatique sur sa tête, en comptant à l'envers à partir de 10. Dans l'immense majorité des cas, on obtenait des résultats et des aveux circonstanciés. Mais il y avait du déchet. Et notamment, Marylin ne pouvait pas totalement exclure que le brave docteur Maxwell n'ait rien à voir du tout avec l'enlèvement de Jenny. La dernière méthode était de le confondre… en le tentant.

Lorsqu'elle était partie de Virginie, Marylin n'avait emporté que quelques affaires. Un pantalon de rechange. Des débardeurs. Et des chaussures de sport. Elle prit donc le temps d'aller faire des courses. Penrose était un trou perdu, et elle n'eut pas vraiment le choix. Mais pour ce qu'elle avait en tête, les rayons du premier magasin qu'elle visita suffiraient. Une heure plus tard, elle se trouvait dans la salle d'attente du docteur Maxwell. Complètement transformée. Elle avait laissé son pantalon en toile et sa chemise en lin à l'hôtel, et c'est une toute autre Marylin qui pliait et dépliait langoureusement ses jambes sur la chaise. Elle avait opté pour une robe noire fendue sur le devant, faussement sobre. Des collants fins et des escarpins à talon lui donnaient un air de femme fatale, presque décalé avec le lieu. Un peu de maquillage, une coiffure légèrement plus travaillée à coup de spray, et quelques mouchoirs dans son soutien-gorge histoire de gagner une ou deux tailles de bonnet, et elle était prête pour une consultation expresse.

« Je vous écoute », dit le docteur Maxwell. « Que puis-je faire pour vous ? »
« Je suis en vacances chez des amis. J'ai un peu mal à la tête depuis quelques jours. »
Le médecin lui posa quelques questions complémentaires, perdant de temps en temps son regard là où n'importe quel homme normalement constitué l'aurait fait à sa place : sur les cuisses de Marylin, habilement découvertes par l'échancrure de sa robe. Mais jusque-là, le regard était plus celui du reptile qui sommeillait en chaque être masculin que celui du pervers pathologique à la recherche de proies, pour autant qu'elle pouvait en juger.
« On va regarder ça plus en détail. Est-ce que vous pouvez vous installer sur la table d'examen ? », dit le médecin ?
« Je dois ôter ma robe ? », demanda Marylin.
« Non, c'est inutile », répliqua Maxwell.

Il passa quelques instants à l'ausculter. Aucun geste déplacé. Aucun regard trop insistant. C'en était même presque insultant pour elle et les efforts qu'elle avait faits pour être sexy.

« Bon, je pense que ce n'est rien de grave », finit-il par lâcher. « Je vais vous prescrire des antidouleurs. Si les choses perdurent, il faudra envisager des analyses complémentaires. Mais je pense qu'il s'agit d'un petit coup de fatigue. »

Marylin acquiesça. De retour sur la chaise, face au bureau du médecin, elle jura intérieurement. Elle ne pouvait pas partir comme ça.

« C'est une amie à moi qui m'a recommandé de venir vous voir », dit-elle alors que Maxwell tapait l'ordonnance à son ordinateur.

« Ah oui ? », répondit-il sans lever les yeux de l'écran.

« Oui, Jenny Carrington », lâcha Marylin.

Le visage du médecin se figea pendant une seconde.

« Jenny… Oui », balbutia le médecin.

« Je crois qu'elle est passée vous voir il y a quelques jours. »

Le médecin avait oublié son ordinateur et son regard était désormais figé sur Marylin.

« Oui. C'est une jeune fille que je suis depuis quelque temps. Vous êtes une de ses amies, vous me disiez ? »

« Oui. Je suis une amie de la famille. »

« Parfait », dit Maxwell, visiblement de plus en plus mal à l'aise. « Comment va-t-elle ? »

Marylin sourit. « Je l'ai vue la semaine dernière, ou la semaine d'avant… Je ne me souviens plus. Elle semblait en forme. Un peu préoccupée. Mais ça allait. Je dois repartir pour San Francisco tout à l'heure et je n'aurai pas le temps de repasser la voir. Mais n'hésitez pas à lui dire bonjour de ma part, la prochaine fois que vous la verrez. »

Le médecin avala sa salive avec difficulté. « Oui, certainement... Je lui dirai quand elle repassera au cabinet. »

Il lui tendit l'ordonnance et Marylin prit congé.

Alors qu'elle rejoignait son hôtel, en veillant bien à ne pas être suivie, Marylin put faire le point. La nature humaine était complexe. Mais dans son métier, elle avait appris à juger les gens à tout une série de petits riens. Un léger tremblement dans la voix, un regard un peu trop intrusif, un tic nerveux. Un être normalement constitué était un livre ouvert, pour qui savait décoder les signaux. Le docteur Maxwell n'était visiblement pas un espion entraîné. Il n'était sans doute pas un pervers sexuel non plus. Mais il avait définitivement quelque-chose à cacher… À son hôtel, Marylin put se changer et retrouver ses tenues plus sportives et confortables. Elle avait appris quelques années en arrière à adopter cette démarche chaloupée qui plaisait aux hommes. Mais elle ne pouvait nier que les talons hauts et les jupes fendues, si elles faisaient souvent refluer le sang des mâles de leur cerveau vers leur bas ventre, n'étaient pas nécessairement les accessoires les plus pratiques pour mener une opération clandestine. Sa robe étant très cintrée, Marylin avait dû laisser son Glock à l'hôtel. Elle le retrouva avec bonheur et hésita à aller le présenter au bon docteur Maxwell de suite. Mais elle se ravisa. S'il était impliqué dans la disparition de Jenny, elle pouvait la mettre en danger en opérant trop ouvertement et trop brutalement. Elle avait déjà pris un risque en confrontant Maxwell et en mentionnant le nom de sa nièce.

Marylin regarda sa montre. Il était à peine midi. Le cabinet fermait à 18 heures. Cela lui laissait un peu de temps pour poursuivre ses recherches sur *Intelink*. Si ses calculs étaient bons, et si cet abruti de barman avait fait ce qu'elle lui avait demandé de faire, Gleason et ses collègues devaient sans doute être en route pour le Colorado à cette heure. Dans moins d'une journée, la ville serait en ébullition, avec un meurtre et un enlèvement à résoudre. Mais avait-elle d'autre choix ? La précipitation ne donnait pas toujours des résultats satisfaisants.

Gleason était un bon flic. Un homme droit, avec lequel elle avait travaillé lorsqu'elle appartenait encore au DEVGRU. Son nom de code était STARDUST, alors. Et jamais Gleason n'avait cherché à connaître sa véritable identité. C'était cocasse. Le FBI était pourtant un service de *police* fédérale. Mais les opérations du JSOC sur le sol même des États-Unis étaient à la limite de la légalité. Depuis le *Posse Comitatus Act* signé en 1878 par le président Rutherford Hayes, les forces armées américaines n'avaient plus le droit d'intervenir dans les affaires civiles, et plus généralement sur le sol américain – sauf entraînement ou guerre déclarée, bien sûr. Cette règle souffrait trois exceptions. Pour des raisons évidentes, la garde nationale de chaque État était dispensée de suivre le *Posse Comitatus*[5]. La deuxième exception prenait la forme d'un décret exécutif du président qui, pour un motif sérieux, pouvait décider de lever l'application du *Posse Comitatus*. C'était arrivé dans le passé. Et la troisième exception concernait les opérations de contre-terrorisme que les unités compétentes du JSOC pouvaient conduire. La Delta Force et le *Navy SEALs Team 6* avaient été conçus dès l'origine pour la lutte anti-terroriste, où qu'elle doive être menée. Il n'était donc pas rare que les Delta ou les opérateurs du DEVGRU opèrent sur le sol américain, en toute confidentialité. Ces opérations étaient toutefois conduites, dans l'immense majorité des cas, en partenariat étroit avec le FBI, qui restait « en charge » aux États-Unis, comme on disait. Gleason avait été l'agent de liaison du JSOC, avant de prendre la responsabilité de la lutte contre le crime organisé au Bureau[6]. Pour lui, il n'y avait donc pas de Marylin Gin. Juste STARDUST.

Marylin soupira. Sa robe noire était sur le lit, étendue à côté de son téléphone portable, complètement rechargé. Elle avait acheté quelques provisions sur le chemin, de quoi manger un morceau et faire le plein d'énergie. Fruits secs, biscuits. Elle avait une ligne à maintenir, mais aussi un cerveau à alimenter.

*

Maxwell avait hésité à appeler son contact, après la visite de Marylin. Il avait réfléchi. Et décidé que l'histoire de la fille tenait debout. Après tout, il avait du mal à l'imaginer en agent du FBI. Elle était trop jeune, et sans doute trop sexy pour ça. Maxwell, comme bien d'autres Américains, gardait en tête le stéréotype de l'agent fédéral mâle de plus de quarante ans, en costume bon marché. Cela faisait belle lurette que le FBI, tout comme les autres agences fédérales, avait diversifié son recrutement. Plus de femmes. Plus d'agents issus des minorités ethniques. Mais les préjugés avaient la vie dure. Et de toute façon, son contact lui avait promis que rien ni personne ne pourrait remonter jusqu'à lui. Il avait été payé. Et bien payé, il fallait le reconnaître. L'argent se trouvait sur un compte numéroté au Bahamas. Il ne le toucherait pas tout de suite, par prudence. Mais il lui permettrait de jouir d'une retraite anticipée et bien méritée. Quelques mauvais investissements avaient fait fondre ses économies. Il avait bien dû trouver un moyen de se refaire.

Vers 18 heures, sa secrétaire vint lui dire que le dernier patient était parti. Maxwell soupira, éteignit son ordinateur, et sortit du cabinet quelques minutes après sa secrétaire. Il habitait une petite maison à dix minutes en voiture de là. Il regarda sa montre. Le match de football allait bientôt commencer. Il aurait juste le temps de passer prendre une bonne bouteille.

Marylin vit la voiture de Maxwell s'éloigner. La rue était calme. Elle avait procédé à une reconnaissance des lieux dans la matinée, avant son rendez-vous. Elle avait mentalement noté les voies d'accès, les points hauts, ainsi que l'absence de caméras de surveillance. Penrose n'était pas New York ou Washington, DC. La police locale n'avait pas dépensé des millions de dollars pour filmer chaque coin de rue et chaque façade. Elle n'avait même pas remarqué de caméra dans le cabinet médical. Cela allait lui faciliter la tâche.

Lorsque la pénombre se fut installée, elle sortit de voiture, et traversa la route déserte en petite foulée. Elle avait revêtu un pantalon sombre et mis une veste en toile foncée sur son débardeur. Le cabinet disposait de deux issues. Elle choisit la porte de derrière, qui ne lui résista pas plus d'une poignée de secondes. Elle avait remarqué que les portes et fenêtres n'étaient pas équipées de détecteurs de mouvements. La naïveté du médecin était presque criminelle. Dans l'obscurité, Marylin se guida de mémoire à travers la salle d'attente, jusqu'au bureau de Maxwell. La porte n'était pas verrouillée. Elle entra et, en quelques pas, se retrouva derrière l'ordinateur du médecin. Elle tira les rideaux, après avoir jeté un coup d'œil circulaire à travers la rue, et put allumer l'écran. L'ordinateur lui demanda un mot de passe. Marylin soupira. Elle attrapa son téléphone et sortit un petit câble USB qu'elle brancha sur l'unité centrale de Maxwell. En quelques secondes, un logiciel préparé par la NSA désactiva le mot de passe et elle put accéder aux fichiers.

« *Eh bien, tu es ordonné* », murmura-t-elle alors qu'elle naviguait dans le disque dur. Chaque patient disposait d'un dossier électronique qui reprenait l'historique des visites, les analyses effectuées, dont les résultats se trouvaient en pièce jointe, et ainsi de suite. Marylin trouva sans difficulté le fichier de Jenny.

« Qu'est-ce que tu caches ? »

Le compte-rendu de la visite du mardi était bref. Sans intérêt. Marylin jura. Elle ouvrit celui de la visite précédente. Le médecin lui avait fait un check-up complet, et avait notamment procédé à une prise de sang. C'étaient ces résultats qu'il était censé lui avoir présenté mardi. Une pièce digitalisée était dans le dossier. Elle l'ouvrit. C'étaient les résultats des analyses sanguines. Marylin les parcourut. Il y avait les tests et dosages usuels : cholestérol, hématies, globules blancs, glycémie, vitesse de sédimentation. Mais les tests se poursuivaient, et devenaient plus baroques.

« Qu'est-ce que c'est que ça... Pourquoi a-t-il recherché des marqueurs génétiques particuliers... »

Marylin n'était pas médecin, et pour elle, les références médicales et génétiques étaient aussi claires et compréhensives que des hiéroglyphes. Elle prit les résultats en photo grâce à son portable. Puis referma la pièce jointe. Elle allait éteindre l'ordinateur, lorsqu'elle eut une autre idée. Jenny n'était peut-être pas la première, ni la seule. Elle parcourut les autres dossiers, en essayant de sélectionner les jeunes filles, entre quatorze et vingt ans. Elle en trouva une vingtaine. Rapidement, elle passa en revue les dossiers. Une douzaine s'étaient vu prescrire les mêmes analyses complètes que Jenny au cours des dix-huit derniers mois.

« Pourquoi elles et pas les autres ? Qu'est-ce que tu caches, Maxwell ? Et que cherchais-tu ? »

Marylin reprit quelques dossiers plus en détail. Pourquoi elles ? Les douze jeunes filles ne semblaient pas différentes des autres. Il n'y avait pas de photo des filles dans le dossier, mais on retrouvait les origines ethniques, la taille, le poids. Certaines parmi les douze étaient latinos, en surpoids. Il n'y avait donc aucun critère physique évident. Elle nota les noms de ces jeunes filles et, alors qu'elle fermait le dernier dossier, elle remarqua qu'une référence revenait dans les douze. La lettre V était écrite en commentaire. Marylin se gratta la tête. Elle ouvrit d'autres dossiers. Aucune lettre V.

« Qu'est-ce que ça veut dire ? Il n'a ordonné les tests génétiques que sur ces filles-là ? Qu'avaient-elles en commun ? »

Parfois, pour savoir ce qu'un groupe d'individus avait en commun, il fallait procéder par contraste. Et regarder les caractéristiques de ceux – ou celles – qui en avaient été exclues. Marylin ouvrit les dossiers des autres filles de la même tranche d'âge. Elles ne semblaient rien avoir en commun, elles non plus. Ni rien de différent des douze.

« Il y a pourtant quelque-chose... Qu'est-ce qui m'échappe ? »

Une des filles exclues des tests génétiques était enceinte, apparemment. À dix-sept ans, c'était assez précoce, jugea Marylin. Mais elle n'était pas tombée de la dernière pluie. Elle avait grandi dans un coin aussi perdu et reculé que Penrose, et elle savait que les jeunes, à cet âge-là, n'avaient guère d'autre occupation que de trainer ensemble, et parfois de coucher ensemble... Lorsqu'elle se remémorait sa propre jeunesse, elle se demandait d'ailleurs comment elle avait réussi à rester vierge aussi longtemps...

« Vierge ? »

Marylin rouvrit le dossier de Jenny. Maxwell avait procédé à des examens gynécologiques. Cela paraissait naturel, sur une jeune fille de quinze ans. Elle ouvrit les autres dossiers. Aucune des sept autres filles exclues des tests génétiques n'était enceinte, d'après leur dossier. Mais quatre d'entre elles s'étaient vu prescrire des contraceptifs oraux. Et les autres avouaient être déjà sexuellement actives.

« Bordel ! », jura Marylin à haute voix.

*

60

Marylin ferma son sac de voyage. Son Glock était encore sur le lit. Elle l'attrapa et le glissa dans son holster, dans le creux de ses reins. Elle jeta un dernier coup d'œil dans la chambre. Rien. Elle sortit et retrouva sa voiture sur le parking. Il était tard, déjà. Elle ne devrait pas trainer sur la route. Colorado Springs se trouvait à une petite centaine de kilomètres et son vol décollait dans trois heures. Mais entre les limitations de vitesse et le temps de rendre sa voiture de location, elle n'avait pas de temps à perdre.

Marylin avait longtemps hésité. Hésité à aller rendre une visite au bon docteur. Hésité à lui faire cracher le morceau. Hésité à lui rappeler ses cours d'anatomie. Hésité à lui briser un à un les 206 os que comptait un corps humain adulte. Maxwell n'était sans doute pas l'instigateur de l'enlèvement de Jenny – il était trop faible, trop lâche pour cela, à l'évidence. Mais il y était jusqu'au cou, néanmoins. Complice, jusqu'aux bout des ongles. Un rabatteur. Un rabatteur pour la traite des blanches vers le Moyen Orient. Marylin n'avait encore aucune preuve. Juste l'intime conviction. Juste un faisceau d'indices écrasants et terrifiants à la fois.

Pouvait-elle être sûre que Jenny avait embarqué sur le *Gulfstream* qui avait décollé de Miami, quelques instants à peine après que le coucou en provenance de Fremont ait atterri ? Mais qui d'autre pouvait-être cette jeune fille médicalisée, inscrite sous un faux nom ? Aucune référence à une jeune fille n'avait été indiquée sur le vol Fremont / Miami. Mais pour les vols intérieurs, il était si simple d'oublier une partie des passagers. Personne ne contrôlait. Ce n'était pas le cas pour les vols internationaux, y compris privés. Les deux vols avaient été affrétés par une société, installée dans le Vermont. Il n'avait pas fallu plus d'une poignée de minutes à Marylin pour se convaincre qu'il s'agissait d'une coquille vide, qui servait uniquement de prête nom à d'autres intérêts. C'était assez courant et la CIA faisait bonne utilisation de ces sociétés écrans. Mais derrière l'entreprise *Vermont Sigma Air Travel*, il n'y avait pas eu l'Agence. Mais une autre société bidon, celle-là installée à Dubaï. Et celle-là parfaitement connue de l'Agence. Sur *Intelink*, il y en avait des pages et des pages.

Marylin savait au fond d'elle-même qu'elle aurait dû laisser la main au FBI, à cet instant précis. Mais elle savait également que le Bureau se retrouverait face à un mur. Face à des intérêts qui dépassaient, et de loin, ses compétences. L'Agence aurait-elle pu l'aider ? Qui d'autre ? Marylin connaissait la puissance de la CIA. Elle en connaissait désormais intimement les réseaux clandestins. Mais elle avait également appris à démêler les écheveaux politiques. Les huiles du 7ème étage de Langley étaient avant tout des politiciens, qui devaient plaire à ceux qui les avaient nommés. Notamment au 1600 *Pennsylvania Avenue*[7] et à *Foggy Bottom*[8].

Marylin ne se faisait aucune illusion. Aucune agence ne pouvait l'aider. Aucune agence ne pouvait aider Jenny, là où elle se trouvait sans doute. La société écran installée à Dubaï servait en effet de taxi pour les services secrets saoudiens. Ryad était hors de portée. L'Arabie Saoudite avait été la première visite officielle du président. Sans preuves formelles, aucune agence gouvernementale ne poursuivrait ses investigations là-bas. La vie d'une jeune fille de quinze ans représentait bien peu de choses, face à la raison d'État et aux intérêts stratégiques de son pays. Combien d'autres jeunes filles avaient disparu ainsi, enlevées par des princes du Golfe avides de chair fraiche. La traite des blanches était parfaitement documentée. Quelques années en arrière, un scandale retentissant avait éclaté, lorsqu'un mannequin italien était parvenu à s'échapper des griffes de l'homme qui l'avait achetée et martyrisée. Le riche magnat du Golfe l'avait remarqué lors d'un défilé à Milan. Il avait chargé des hommes de main de la kidnapper et de lui apporter, afin qu'elle enrichisse son harem. La jeune fille avait été séquestrée pendant plusieurs mois, régulièrement violée par son tortionnaire. L'affaire en était restée là. La jeune italienne devrait vivre avec ce traumatisme. Le magnat avait été condamné à la peine de mort et promptement exécuté. Avant d'avoir pu parler. Avant d'avoir dit ce qu'il savait. Car personne n'avait été dupe. Derrière cet homme, il y avait une organisation tentaculaire. Combien étaient-ils, comme lui, à préférer les femmes occidentales ? Combien étaient-ils, comme lui, à forcer celles dont ils ne pouvaient obtenir le consentement ?

Jenny n'avait que quinze ans. Elle était encore pure. Marylin ne pouvait s'imaginer la terreur que sa nièce devait ressentir. La douleur. La déchirure. Marylin avait appris à côtoyer la misère, les bas-fonds. Elle avait vu les faces les plus sombres de l'humanité. La violence, le terrorisme, le sadisme, la haine. Au DEVGRU, elle avait été chargée de presser la détente, parfois. D'éliminer ces êtres qui déshonoraient l'espèce humaine, avant même de menacer la sécurité nationale des États-Unis. Au sein des missions Oméga, elle avait été l'exécuteur de son pays. Elle avait appris à tuer. Et elle savait qu'elle aurait besoin de tuer à nouveau, si elle voulait ramener Jenny.

*   *   *

Le navire avait levé l'ancre et sa proue élancée fendait désormais les eaux du Golfe d'Oman à la vitesse ridicule de sept nœuds. Depuis le pont supérieur, le prince pouvait

63

sentir les embruns marins envahir ses narines. Le soleil allait bientôt se coucher sur le Golfe, et la mer semblait en feu. Sur le pont avant, l'hélicoptère qu'il avait utilisé pour rejoindre le bord venait de redécoller.

« Nous serons à Dubaï avant l'aube », lui dit le capitaine.

Le prince acquiesça. Il hésita à rabrouer l'officier, dont il trouvait décidément le ton pas assez déférent. Mais il se retint. Aussi puissant qu'il fût, il n'était pas le maître à bord. Il n'était que l'intendant. Un intendant de luxe. Richissime, selon les standards humains. Mais insignifiant, par rapport au maître qu'il servait. Le prince aimait la mer. Comme la plupart des princes saoudiens, il avait grandi sur la côte du pays. Il détestait le désert, ces étendues arides où rien ne poussait. Le Golfe d'Oman était calme, mais il savait que ces eaux bleues immaculées étaient trompeuses. Des prédateurs redoutables hantaient les profondeurs. Les requins y étaient moins nombreux que dans le Golfe d'Aden, mais il était déconseillé de faire trempette sans un dispositif de sécurité.

À sa droite – à tribord – la terre qu'il devinait était celle de l'ennemi héréditaire. L'Iran. Le prince ne doutait pas que les forces navales iraniennes devaient suivre avec un œil très attentif les mouvements du navire sur lequel il se trouvait. Car le yacht avait beau être un bâtiment civil, il restait la propriété du prince héritier du Royaume d'Arabie Saoudite. Depuis qu'il en avait fait l'acquisition auprès d'un oligarque russe, le prince héritier avait dépensé sans compter. Luxueux, il l'était déjà sous son précédent propriétaire. Mais le *Serene* était devenu une véritable œuvre d'art en lui-même. Et un écrin pour d'autres œuvres d'art. Mais il n'était pas qu'un musée. Il était aussi une véritable forteresse flottante. Ses hublots n'étaient plus en verre ou en plexiglass, mais en polycarbonate résistant aux balles de gros calibre. Des plaques de kevlar et de blindage avaient été installées autour des centres critiques du bord. Et il avait été équipé d'un dispositif de guerre électronique de haut niveau, intégrant détecteurs radars et laser, détecteurs infrarouges, contremesures antimissiles. Des lanceurs de missiles *Stinger* avaient été ajoutés, ainsi que toute une panoplie d'armes de calibres divers. Depuis le pont supérieur ou depuis les luxueuses cabines intérieures, rien ne pouvait laisser deviner que le bâtiment emportait sans doute plus d'équipement militaire que nombre de navires de guerre. Pour l'œil non averti, tout n'y était que luxe, calme et volupté.

Le prince inspira quelques goulées d'air, puis décida de retrouver l'atmosphère climatisée du bord. Sa cabine personnelle se trouvait un pont en dessous. Il traversa donc la salle à manger et le petit salon, avant de passer dans le grand salon, où le prince recevait ses invités de marque. Il hésita à descendre directement dans sa suite, mais il préféra remonter d'un pont. C'était le pont exclusif du prince héritier, où seuls quelques membres d'équipage triés sur le volet pouvait mettre un pied. Le prince n'avait jamais pénétré dans la cabine de son maître. Mais ce n'était pas là qu'il se rendit. L'escalier en marbre de Carrare débouchait sur un salon. Le prince ouvrit la porte en bois exotique et retrouva le bureau. Et c'est là qu'il la vit. La toile était accrochée au-dessus d'un petit guéridon. Il s'approcha. Les spots incrustés au plafond éclairaient subtilement l'œuvre. La vitre blindée qui la protégeait avait été traitée antireflets. Le prince s'approcha. La première fois qu'il l'avait vue, il avait été presque déçu. L'œuvre était ridiculement petite. Mais la finesse du dessin était exceptionnelle. À la hauteur de la réputation de l'artiste. Seules vingt toiles avaient été authentifiées de sa main. La peinture était l'une d'entre elles. Il passa quelques instants à l'admirer. Pour ce qu'elle symbolisait, plus que pour la virtuosité du maître. Pour les secrets qu'elle recelait. Pour ces secrets qu'il avait percés. Le prince ne put réprimer une sorte de vertige. Une légère nausée l'envahit. Il savait que cela n'avait rien à voir avec le mal de mer. Le vertige avait une explication plus spirituelle. Plus mystique.

*

Dix minutes plus tard, le prince avait retrouvé sa propre cabine. Elle n'était pas la plus luxueuse du bord, bien évidemment. Mais il n'avait pas à se plaindre. D'autres œuvres majeures ornaient les murs. Mais il ne les regarda pas. La fille était là, couchée sur son lit. Ses hommes l'avaient attachée. Le prince s'assit sur le bord du lit.
« Qui… qui êtes-vous ? », balbutia la fille, en Italien.
Il n'avait même pas réalisé qu'elle était Italienne. Jusqu'à aujourd'hui, elle n'avait été qu'un numéro. Que quelques lignes sur un dossier. Le prince posa un doigt sur ses lèvres.
« Chut… Je suis un ami. Tu n'as rien à craindre », lui répondit-il en anglais. Il avait des bases d'Italien, mais insuffisantes pour engager une conversation.

La fille s'était mise à trembler. Elle était revêtue d'une simple tunique longue en soie fine, qui laissait deviner ses formes. Elle était jeune, mais déjà femme. Le prince lui sourit. Ce n'était pas par empathie. Pour lui, elle n'était qu'un objet. Mais il savourait à l'avance le moment qu'il allait passer avec elle. Le navire accosterait au petit matin à Dubaï. Cela lui laissait toute la nuit pour lui apprendre la vie.

Chapitre 4

Le vol Boston – Dubaï se posa avec cinq minutes de retard, ce qui restait un exploit après un parcours de plus de 11 000 kilomètres. Marylin attendit patiemment que les passagers de première et de classes affaires descendent avant de prendre sa place dans la queue qui serpentait dans le hall d'arrivée. Sans surprise, l'employé des douanes émirati lui jeta un coup d'œil en coin avant de tamponner son – faux – passeport.

« Madame Kingsley, pourquoi êtes-vous à Dubaï, affaires ou tourisme ? », lui demanda-t-il

Marylin lui lança son plus sourire. « *Mademoiselle* Kingsley », corrigea-t-elle. « Tourisme. Plongée sous-marine. »

« Vous êtes descendue dans quel hôtel ? »

« InterContinental Marina. »

« Parfait. Bon séjour », lui lâcha l'employé.

Marylin récupéra son passeport et se dirigea directement vers la ligne de taxis. Ce n'était pas la première fois qu'elle venait à Dubaï. Elle avait été brièvement déployée aux Émirats Arabes Unis lorsqu'elle appartenait au DEVGRU. Elle avait pu circuler, sous couvert diplomatique à l'époque, au sein des sept émirats qui formaient les EAU. Son dernier séjour remontait toutefois à trois ans ce qui, à l'échelle de ce pays, représentait presque une éternité. Elle en eut la confirmation lorsqu'elle se retrouva dans le taxi. Partout, des grues s'agitaient autour d'immeubles en construction. La folie immobilière était revenue de plus belle. Marylin savait que la plupart de ces immeubles resteraient vides. De façon assez étrange, ils n'étaient pas nécessairement construits pour être habités, ou pour héberger des bureaux. Ils étaient essentiellement construits pour assouvir les délires spéculatifs de certains investisseurs qui ne savaient plus quoi faire de leur argent. Pour eux, un Condo à Dubaï valait bien un appartement à Londres ou Paris… à ceci près que le prix de l'immobilier à Dubaï y était bien plus volatile, et que la plus-value pouvait donc y être plus juteuse. En sus, et cela n'ôtait rien aux charmes de la ville-État, les lois anti-blanchiment étaient inexistantes ou presque, et il restait possible de payer son appartement à plusieurs millions de dollars…en cash.

Après une heure dans les embouteillages, Marylin arriva enfin à son hôtel. Et dix minutes plus tard, elle prenait possession de sa chambre au huitième étage. Des fenêtres immenses, du sol au plafond, offraient une vue sur l'entrée de la Marina, ainsi que sur les dizaines de gratte-ciels qui avaient poussé comme des champignons depuis son dernier passage. Marylin jeta son sac sur le lit et se dirigea directement vers le minibar. Une eau pétillante s'imposait. Puis elle disparut dans la salle de bain, qui était équipée à la fois d'une douche et d'un bain. Elle hésita quelques instants. Des sels de bain étaient opportunément posé sur la baignoire et semblaient très attractifs. Mais elle opta finalement pour la douche. Après douze heures de vol, elle avait besoin d'un peu de délassement, ainsi que d'éliminer la couche de transpiration qui la recouvrait entièrement. La séparation entre la salle de bain et la chambre était entièrement vitrée, et elle put continuer à admirer la vue, alors que l'eau brûlante coulait sur son corps. Mais le panorama qui se déployait devant ses yeux n'imprimait plus sa rétine. Son esprit était ailleurs. Il était à sa mission. Avant de quitter Boston, elle avait fait le point sur *Intelink*, et noté les noms et adresses qui lui seraient utiles. Notamment celle de la société d'aviation privée qui possédait le *Gulfstream* G700 où Jenny avait certainement été embarquée. Le siège de la société se trouvait à côté de l'aéroport. Mais la société disposait également de bureaux dans un immeuble du centre-ville.

*

Louer une voiture à Dubaï était chose aisée. Marylin n'eut même pas besoin de sortir son passeport. D'un autre côté, vu l'état de la voiture, cela se comprenait. La petite citadine japonaise était loin des standards locaux. 250 000 kilomètres au compteur, et une odeur pestilentielle qui se dégageait des sièges. Dieu seul savait ce que les précédents clients avaient fait dans l'habitacle…

Marylin s'injecta sur la voie rapide et prit le chemin du nouvel aéroport, qui, contrairement à l'aéroport international où elle avait atterri la veille, se trouvait à l'écart de la ville, en plein désert. Il était tôt mais les embouteillages n'avaient pas d'heure, à Dubaï. Elle mit une grosse demi-heure à atteindre sa destination. Elle avait déjà procédé à une *recce* virtuelle, sur son lit. C'était la magie de Google Earth. Sur un écran, on pouvait désormais disposer de photos aériennes d'une précision hors du commun, et évaluer les meilleures routes d'accès, d'infiltration, d'exfiltration, ainsi que les meilleures « planques ». Tout était presque pour le mieux, car un opérateur un peu entraîné savait bien que la réalité du terrain pouvait différer des images aériennes. Les photos en deux dimensions omettaient le relief, les points hauts, les ombres naturelles. Et sur le terrain, il y avait ce « je ne sais quoi » qui mettait les sens en éveil.

Après quelques détours, essentiellement destinés à tromper une improbable filature, Marylin trouva la petite route qu'elle avait repérée sur internet la veille. À travers le sable et les rocs, elle parcourut quelques kilomètres, jusqu'à la petite butte. Elle s'arrêta sur le bas-côté et descendit la vitre. Elle disposait d'une vision presque parfaite sur l'extrémité sud de l'aéroport Al Maktoum. Ce n'était pourtant pas tant l'asphalte qui l'intéressait, mais le hangar de la société *Dubaï Flight Expert*. La jeune femme attrapa son appareil photo et tourna le zoom afin d'obtenir une image nette. L'image numérique du bâtiment grossit, grossit, jusqu'à occuper la totalité de l'écran. Le hangar était ouvert et, à l'intérieur, on pouvait deviner la silhouette élancée d'un *Gulfstream* G700. Marylin zooma encore et put lire le numéro d'identification peint sur la queue de l'aéronef. C'était bien celui qui avait fait la liaison Miami-Dubaï quelques jours plus tôt. Et visiblement, il se préparait à reprendre l'air. Du personnel de piste s'activait autour de la carlingue et un camion-citerne était visible devant la porte du hangar.

Marylin prit quelques clichés généraux. Mais rapidement, son attention fut attirée par des mouvements, à l'est. Elle refit le point.
« *Tiens tiens...* »
Une Mercedes aux vitres teintées venait d'arriver et de se garer à proximité des bureaux de la société, contigus au hangar. Deux hommes en sortirent. Le passager ouvrit la porte arrière gauche et une silhouette enturbannée en sortit. Robe blanche, chemise assortie, et *ghutra* saoudien. Pour le profane, les coiffes arabes pouvaient toutes se ressembler. Mais un œil plus entraîné distinguait quelques grandes

familles. Entre shemagh, ghutra et keffieh, il y avait de subtiles différences. Les *ghutra* étaient typiquement portés par les familles nobles du Golfe, depuis la Jordanie jusqu'au sud du Yémen. Les linges blancs tranchaient avec l'anneau qui le maintenait en place, l'*agal*, fait typiquement en laine de chèvre et poils de chameau.

« *Qui es-tu ?* »

Marylin fit le point sur l'homme qui venait de sortir de la voiture. Elle ne disposait que d'un trois-quarts. Il faudrait s'en contenter pour le moment. Elle prit quelques clichés en cascade. L'homme, accompagné par l'un de ses gardes du corps en costume sombre, s'engouffra dans les bureaux de la société aérienne. Il en ressortit une trentaine de minutes plus tard. Là, Marylin put avoir un parfait cliché de son visage. L'homme avait visiblement une trentaine d'années et des traits moyen-orientaux, sans surprise. Il avait un visage inexpressif. En quelques grandes enjambées, il retrouva sa limousine et disparut à l'intérieur. La Mercedes Classe S redémarra et s'évapora à son tour. Par réflexe, Marylin avait pris un cliché de son immatriculation. Puis elle se concentra à nouveau sur le *Gulfstream*.

*

Pour une professionnelle du renseignement et de l'action clandestine, Marylin commit une erreur majeure. Elle se trouvait à presque un kilomètre du hangar. Sans doute à peine visible à l'œil nu. Mais elle fut parfaitement repérée par les caméras à grand angle qui étaient installées au-dessus de la porte coulissante du hangar. Contrairement à ce qu'un quidam aurait pu croire, la caméra n'était pas orientée vers le sol, et chargée de filmer les issues du hangar. Elle était au contraire fixée sur l'horizon, sur la piste et au-delà. Dans une petite salle de contrôle, le garde fut alerté par le logiciel de reconnaissance de mouvement. Il cliqua sur l'écran et zooma. Rapidement, il put reconnaître la petite voiture japonaise… et une silhouette à l'intérieur, téléobjectif dirigé vers le hangar.

L'homme n'était qu'un modeste employé. Il appela donc l'un des membres de la sécurité.
« Nous avons un visiteur », lâcha-t-il.
Le responsable de la sécurité fronça les sourcils.
« Depuis quand la voiture est-elle là ? »
« Cela fait dix minutes que je l'ai repérée. »
« Et pendant tout ce temps, la personne à l'intérieur nous a filmé ? »
« Oui », acquiesça l'employé. « Elle n'a pas bougé d'un centimètre. »
« Est-ce que tu peux zoomer sur l'avant de la voiture ? », demanda le responsable de la sécurité.
L'employé s'exécuta. Le responsable de la sécurité se pencha sur l'écran de la caméra et parvint à déchiffrer le numéro d'immatriculation. Puis il attrapa son téléphone portable et disparut dans son bureau.
« Tiens-moi au courant s'il y a du nouveau », eut-il le temps de dire à l'employé avant de partir.

*

Marylin resta une dizaine de minutes de plus, prenant une cinquantaine de nouveaux clichés. Puis elle se décida à repartir. Quarante minutes plus tard, elle avait garé sa voiture de location à un kilomètre environ de l'InterContinental – une vieille habitude d'espion. Puis retrouvé sa chambre et son ordinateur portable. En quelques clics, elle réussit à se connecter à l'*Intelink*. Depuis un Wi-Fi public, il était impossible d'accéder aux fichiers et sous-réseaux les plus sécurisés. Mais ce n'était pas ce qu'elle cherchait. L'Agence avait bien fait les choses et son département Moyen-Orient entretenait un trombinoscope des caciques des différents pays du Golfe. Vu le nombre de princes, cousins de princes, frères de cousins de princes, cela n'allait pas être une partie de plaisir d'identifier l'homme qu'elle avait pris en photo. Mais Marylin savait qu'une version bêta du logiciel de reconnaissance faciale utilisé par l'Agence était en libre accès sur *Intelink*. Si l'homme se trouvait dans le fichier non sécurisé, elle pourrait mettre un nom sur les clichés.

Il n'était pas loin de midi, et alors que son ordinateur moulinait, son estomac lui rappela qu'elle avait une fois de plus sauté le petit-déjeuner. Elle hésita à sortir, puis choisit de se plonger dans le menu du *room service*.

Vingt minutes plus tard, elle entendit taper à la porte de sa chambre. Par réflexe, elle appuya sur la touche d'échappement de son portable, qui se déconnecta de l'*Intelink* et fit disparaître toute trace de clandestinité. Elle regarda par l'œilleton de la porte, là-encore une habitude de terrain solidement ancrée. Un homme en tenue de serveur se tenait derrière un plateau roulant. Marylin ouvrit la porte.
« Bonjour, vous pouvez amener ça sur la table, s'il vous plait », dit-elle au serveur.
L'homme inclina la tête et poussa le plateau. Tout se passa très vite. Trop vite, même pour elle. Alors que le serveur passait à ses côtés, Marylin sentit une piqure dans son flanc. La jeune femme ne put faire plus. Un choc électrique de 8 millions de volt la tétanisa sur le coup. Et elle perdit connaissance.

*

Lorsqu'elle revint à elle, Marylin était allongée sur son lit. Elle tenta de bouger mais ses mains étaient entravées derrière son dos. Sur sa bouche, un bâillon en tissu avait été placé. Dans la chambre, elle reconnut le serveur, qui était en train de fouiller son sac de voyage.

« Tiens, elle est revenue à elle », dit une autre voix en arabe, langue que Marylin comprenait à défaut de la parler couramment.

Elle tourna la tête et vit un deuxième homme. Grand, basané comme le serveur, habillé d'un pantalon en toile sombre et d'une veste assortie. Moyen-Orient. Ou Maghrébin, se dit-elle.

« Pour qui tu travailles ? », reprit-il en anglais.

Marylin secoua la tête. Elle devait réfléchir vite. Qui étaient ces hommes ? Que voulaient-ils ? Ils l'avaient sans doute suivie jusqu'à l'InterContinental et n'avaient pas hésité à l'agresser dans sa chambre, en plein jour. L'hôtel n'était pas bondé en cette saison, mais il était loin d'être vide. Les deux hommes portaient des gants. Ils étaient armés. Au moins d'un paralyseur électrique et ils savaient s'en servir. Car contrairement aux images d'Épinal, utiliser un *shocker* n'était pas trivial. Pour en maximiser l'effet, il fallait viser un nœud nerveux ou musculaire, et doser le choc électrique. Pour perdre connaissance, elle avait dû recevoir une impulsion de cinq secondes au moins. Pour elle, cela voulait dire qu'ils n'étaient pas des amateurs. Mais étaient-ils des professionnels ? Entre les deux extrêmes du spectre des talents, il existait toutes les nuances.

L'homme s'approcha du lit et sortit un couteau à cran d'arrêt, qu'il ouvrit de façon théâtrale. Puis il posa un index sur le bâillon. « Je vais enlever le bâillon. Si tu cries, je t'égorge… Est-ce que c'est bien compris ? »

Marylin se mit à trembler et hocha maladroitement la tête, les yeux humides. Tout cela était naturellement affecté, mais nécessaire. Elle ne savait pas ce que ces hommes savaient. Elle devait donc jouer le plus longtemps possible son rôle d'innocente touriste américaine.

« Qui es-tu ? Qu'est-ce que tu faisais à l'aéroport ? »

Marylin balbutia. « Je n'ai rien fait. Qui êtes-vous ? Je suis Américaine. Je veux parler à mon Consulat… »

Les deux hommes se regardèrent et éclatèrent de rire. Puis le visage de celui qui semblait être le chef se rembrunit.

« Bon, assez joué. » Il jeta sur le lit le – faux – passeport de Marylin, ainsi que son appareil photo.

« Qu'est-ce que tu faisais à l'aéroport avec ce matériel, Linda ? »

Marylin – Linda Kingsley, d'après son passeport – secoua la tête. « Rien… »

L'homme approcha à nouveau le couteau de sa gorge. « Je n'ai pas toute la journée. Tu espionnais. Pour le compte de qui ? Réponds ! »

Marylin secoua la tête. Elle n'eut pas besoin de trop se forcer pour que des larmes commencent à couler sur ses joues. Ce n'était pas par nervosité. Mais parce que ses poignets la brûlaient, alors qu'elle tentait petit à petit de desserrer l'étreinte dans son dos. Elle avait enduré bien pire, lors des sessions SERE[9] au DEVGRU. Frappée, humiliée, menacée de viol, elle avait même subi plusieurs séances de waterboarding à l'époque, afin qu'elle sache ce que cette simulation de noyade faisait réellement. Les entraînements SERE avaient été initialement conçus pour former les pilotes de l'US Air Force avant qu'ils ne partent en mission de combat au-dessus de territoires ennemis. Mais depuis, les formations s'étaient améliorées, et tous les opérateurs des forces spéciales devaient y passer.

« Je vais tout vous dire… Je suis une journaliste indépendante. J'enquête sur les chasses au faucon dans le Golfe. »

« Les chasses au faucon ? Tu nous prends pour des imbéciles ! », répondit l'homme.

« Non, vous pouvez regarder sur mon ordinateur. Pitié. Laissez-moi », gémit-elle.

Le chef fit signe à son acolyte – celui en tenue de serveur – de regarder l'ordinateur.

« Il y a un dossier en effet », répondit ce dernier en parcourant certains documents.

Marylin avait téléchargé le fichier avant de décoller de Boston. Il faisait partie de la banque de « couvertures » préparées par l'Agence pour ses agents de terrain. Tout y était. Photos. Ébauches d'articles. Il y avait même des liens vers des comptes Facebook créés par l'Agence, ainsi que vers le site internet d'une société de journalistes indépendants à Baltimore.

« Elle dit vrai. »

L'homme se retourna vers Marylin. « Pourquoi t'intéressais-tu à la société *Dubaï Flight Expert* ?

« L'avion… Je voulais prendre les avions d'affaires en photo pour les confronter à des archives… Les princes du Golfe vont en Afghanistan pour chasser au faucon… »

L'homme était visiblement perplexe. Il se retourna vers son acolyte. « Est-ce que tu as trouvé quelque-chose d'autre ? »

L'autre secoua la tête. « Rien. Rien dans son sac. Il y a bien une Linda Kingsley à Baltimore, qui travaille comme journaliste au sein d'une agence. Elle dit peut-être la vérité. »

Le chef plongea son regard dans celui de Marylin. « Peut-être, en effet », lâcha-t-il. Il lui remit son bâillon, puis se releva.

« Prends son ordinateur, son téléphone et son appareil photo, et fais comme d'habitude. »

Il se tourna vers la paroi vitrée qui séparait la chambre de la salle de bains.

« Dans la baignoire… Et fais-en sorte qu'on ne retrouve pas de traces », lui dit-il sur un ton sec.

L'acolyte acquiesça et suivit le chef des yeux alors qu'il quittait la chambre. Puis il attrapa un sac en plastique, y glissa l'ordinateur portable de Marylin, son téléphone, ainsi que l'appareil photo. Puis il disparut dans la salle de bains et Marylin put entendre le bruit de l'eau couler dans la baignoire. L'homme revint. Il fouilla dans sa veste et en sortit un couteau à lame courte.

« Tu aurais dû mieux choisir tes enquêtes », lui dit-il alors qu'il s'assit sur le nord du lit. Puis il se mit à découper la chemise de Marylin. La jeune femme tenta de se défendre, mais l'homme lui mit un coup dans le ventre qui lui coupa le souffle.

« Arrête de gesticuler ! », lui ordonna-t-il. Puis il continua à découper sa chemise et rapidement, Marylin fut torse nue. Il découpa alors son soutien-gorge, et mit le tout dans le sac en plastique.

« On va te retrouver dans ta baignoire, victime d'une overdose », rit-il alors qu'il sortait une seringue de sa veste, qu'il posa sur la table de chevet. « De l'héroïne frelatée que tu auras imprudemment achetée au souk. Tu aurais dû mieux choisir tes dealers », continua-t-il, hilare.

Puis Marylin sentit son pantalon glisser sur ses cuisses. Et ce fut sa culotte. L'homme enfila le tout dans le sac en plastique, et remit un coup dans le ventre de la jeune femme alors qu'elle tentait à nouveau de frétiller, puis alla fermer l'eau dans la salle de bains.

Lorsqu'il revint, il s'assit à nouveau sur le lit, attrapa la seringue, ôta le bouchon qui protégeait l'aiguille. Puis il regarda Marylin, allongée là, entièrement nue. Il passa quelques instants à l'étudier, comme un boucher devait étudier une pièce de viande avant de la découper. Puis il reposa la seringue.

« On a tout le temps, qu'est-ce que tu en penses », sourit-il.

Il posa une main sur le sein droit de la jeune femme, et commença à le malaxer. Puis l'autre main suivit la première sur le sein gauche. Il passa ainsi quelques instants à la peloter. Et ses mains se mirent à descendre vers son intimité.

« Arrête de bouger », grogna-t-il. « On ne va pas en rester là et se quitter comme ça, en fait. »

Marylin sentit l'homme la caresser et fouiller son corps avec avidité. Puis il se releva, fouilla dans la poche de son pantalon, et en sortit un petit emballage plastifié qu'il posa sur le lit, avant d'ouvrir sa ceinture et de baisser son propre pantalon. En quelques mouvements, il reprit le préservatif, déchira l'emballage avec ses dents, et l'enfila sur son sexe.

« Pas de traces, a dit le boss », se mit-il à rire. Puis il sauta sur le lit et écarta sans ménagement les cuisses de la jeune femme. Mais il ne put aller plus loin. Entre les coups, Marylin avait réussi à desserrer ses liens et à libérer ses poignets. C'était un travail d'amateur. L'homme ne comprit pas ce qui lui arriva, et le même sourire écœurant était toujours sur son visage lorsque la main droite enfin libre de Marylin s'écrasa contre sa gorge. L'homme eut le souffle coupé et sa tête partit en arrière. Marylin roula sur elle-même et se libéra complètement de son emprise, puis elle abattit son poing sur le plexus de l'homme, et, alors qu'il se pliait de douleur en avant, elle écrasa sa main droite sur sa nuque.

*

Lorsqu'il reprit connaissance, l'homme était allongé à son tour sur le lit, mains et pieds liés, cette fois de façon experte. Marylin s'était rhabillée avec les rechanges qu'elle avait emportés dans son sac. Elle se mit à califourchon sur le lit et posa la lame qu'elle lui avait prise sur sa gorge.

« Maintenant, salopard, tu vas tout me dire. »

Le serveur essaya de se débattre et de défaire ses liens, mais Marylin l'avait saucissonné de telle façon que chacun de ses efforts aboutissait à resserrer plus encore les liens, qui mordaient désormais dans ses chairs.

« Si tu me dis la vérité rapidement, je ne te couperai pas les couilles », dit Marylin aussi calmement que possible. Elle posa la lame sur le sexe de l'homme, toujours à l'air libre mais moins vaillant que tout à l'heure. Et pour lui montrer qu'elle ne plaisantait pas, elle se mit à le taillader au niveau du bas ventre.

« Tu as dix secondes pour me dire tout ce que tu sais. Dix secondes après quoi on devra t'appeler madame », grinça la jeune femme. « Tu ne pourras plus violer personne, alors. »

Le visage du serveur devint livide et il secoua la tête.

« Non, non… Je vais parler. »

« Voilà ce que je voulais entendre. Tu vas commencer par me dire qui tu es. Puis qui est l'homme en keffieh que j'ai vu à l'aéroport. Et enfin, tu vas m'expliquer comment tu comptais sortir d'ici. Il y a des caméras de surveillance de partout dans l'hôtel. Le coup de l'overdose est habile, mais je ne pense pas qu'un agent du FBI enquêtant sur le décès d'une Américaine à Dubaï se serait laisser abuser s'il avait vu ta tête et celle de ton boss entrer et sortir de ma chambre, n'est-ce pas ? »

« Les cam… les caméras ont été neutralisées… Une panne dans tout l'hôtel », gloussa-t-il, le visage tordu de douleur.

Marylin esquissa un sourire presque carnassier. « Parfait. Tu vois quand tu veux. Maintenant, tu vas répondre à mes premières questions. Et je te promets : je saurai à la seconde si tu me baratines. Je commencerai par te couper les couilles, comme promis, puis je m'attaquerai à des organes plus critiques. »

L'homme n'aurait su dire comment ni pourquoi, mais il réalisa que la jeune femme qui se trouvait là n'était certainement pas journaliste. Son regard n'était plus celui d'une faible femme terrorisée. La façon dont elle l'avait neutralisé quelques instants plus tôt était la marque d'un spécialiste en combat à mains nues. Elle avait frappé avec une précision millimétrique sur les points sensibles. Il n'était pourtant pas un amateur lui-même. Il avait passé près de quinze ans au sein des services secrets marocains, avant de rejoindre le secteur « privé ». Mais alors que le couteau glissait désormais sur sa gorge, il comprit qu'il n'avait pas d'autre choix. Le prédateur qu'il avait pensé être était devenu la proie. Et il se mit à parler.

*

Une heure plus tard, Marylin sortait de l'InterContinental. L'homme n'avait pas menti. Les caméras de surveillance de l'hôtel avaient été neutralisées et elle avait pu descendre le corps du Marocain jusqu'à la blanchisserie, plié sous le chariot métallique où son *room service* avait refroidi. L'homme avait bien tenté de gesticuler lorsque Marylin avait attrapé la seringue qu'il comptait utiliser sur elle. La réaction avait été rapide. En moins de trois minutes, son cœur s'était arrêté. Marylin avait alors enfilé sa veste de serveur – un peu ample pour elle, et était descendue vers la blanchisserie via l'ascenseur de service. Dans le brouhaha des machines à laver et des machines à vapeur, elle avait pu circuler sans que personne ne s'intéresse à elle, ni au charriot qu'elle poussait.

À Dubaï, les employés subalternes des hôtels étaient presque tous Pakistanais ou Bangladais. Et ils n'avaient pas l'habitude de poser des questions. La jeune femme avait trouvé un endroit tranquille dans la blanchisserie, à côté d'une machine à vapeur. En quelques mouvements, elle avait brûlé le visage et l'extrémité des doigts de l'homme. Puis elle mit le corps dans une machine à laver géante et lança le programme le plus long. Cet abruti avait choisi son destin. S'il n'avait pas tenté de la violer, elle lui aurait sans doute laissé la vie sauve. Mais là, une limite avait été franchie. Et d'autant plus alors que, dans son subconscient, elle imaginait cet énergumène se vautrer sur sa nièce, avec le même sourire sadique que celui qu'il avait arboré sur son visage alors qu'il pensait profiter de son corps. Pour elle, c'était pourtant une quasi-faute professionnelle. Elle avait déjà tué, pour son pays. Mais jamais elle ne l'avait fait sous le coup de la colère. Elle était une professionnelle. Entraînée pour ôter des vies, mais lucide sur sa mission. Jamais elle n'avait ressenti le moindre plaisir à finir une vie. Elle en avait toujours mesuré la terrible portée éthique et philosophique. Contrairement aux films hollywoodiens, les opérateurs clandestins qui étaient chargés du sale boulot n'étaient pas des psychopathes. Bien au contraire. Plus la mission était sale, plus ces hommes – et ces quelques femmes – devaient comprendre ce qu'ils faisaient. Mais il y avait des exceptions à tout, se dit Marylin.

Sa voiture de location se trouvait toujours sur le parking où elle l'avait laissée, mais Marylin savait qu'elle était désormais compromise. Elle devrait donc marcher. Elle fit quelques détours, et utilisa ses techniques de contre-filature pour vérifier qu'elle n'était pas suivie. Au bout d'une heure de marche, elle arriva au lac, dans le quartier Deema. Elle n'était pas venue là par hasard. Elle savait que le JSOC disposait d'une *safe house* dans le coin. Elle y avait passé une nuit quelques années plus tôt, lors d'un déploiement dans les Émirats. La maison avait été officiellement achetée par une société d'exploitation pétrolière américaine. La réalité était bien sûr toute autre. Après le 11 septembre 2001, dans la plupart des grandes villes du Moyen-Orient, le JSOC avait installé des *safe house*, d'où ses opérateurs clandestins – notamment les éclaireurs de la Delta Force, du

DEVGRU ou d'*Orange*[10] – pouvaient rayonner. Souvent, ces *safe house* ne payaient pas de mine extérieurement. Parfois, comme c'était le cas ici, le bâtiment était bien plus luxueux. Marylin arriva devant la porte. La maison était naturellement protégée par un système d'alarme évolué. Mais Marylin savait qu'il était bien rare que le JSOC change les mots de passe. Elle tapa de mémoire le code sur le clavier numérique et entendit un cliquetis qui lui confirma que la porte était bien ouverte. Elle entra. Sans surprise, la maison était vide. Dubaï avait perdu beaucoup de son charme au JSOC depuis quelques années. La ville-État était toujours un haut lieu du blanchiment d'argent sale, mais les groupes d'intérêts avaient plutôt migré vers le Qatar. Marylin finit rapidement le tour. Puis elle alla au sous-sol où, derrière une cloison amovible, elle trouva l'équipement qu'elle cherchait.

Pour un opérateur clandestin, il était presque impossible de transporter une arme dans un pays étranger. Les contrôles aux aéroports étaient trop tatillons. Bien sûr, dans la plupart des pays du monde, avec quelques centaines de dollars, il était toujours possible d'acheter à la pègre locale un pistolet automatique d'occasion, à la provenance et à la qualité souvent douteuses. Mais pour le JSOC, les choses étaient différentes. Dans leurs zones de chalandise, les militaires avaient fait passer le matériel via la valise diplomatique. *Foggy Bottom* n'avait jamais été très enthousiaste, pour être honnête, que des militaires cannibalisent les courriers diplomatiques pour faire passer leurs armes. Mais les ordres étaient venus directement de la Maison Blanche, à l'époque Bush Junior. Et aucun des présidents suivants n'avait changé d'un iota le *modus operandi*. Marylin constata avec satisfaction que l'armurerie était décemment équipée. Elle attrapa un Glock G26 ultracompact qu'elle glissa à sa ceinture. Elle trouva quelques chargeurs vides et une boite de cartouches de 9mm. Elle attrapa également un Uzi Pro sur lequel elle vissa un réducteur de son. L'arme était la dernière mouture du célèbre pistolet mitrailleur israélien. Elle tirait toujours des balles de 9mm *Parabellum*, mais sa mécanique avait été revue. Elle disposait également d'une crosse repliable, ainsi que d'un viseur holographique vissé sur le rail *Picatinny* supérieur. Là encore, quelques chargeurs furent vite remplis. Puis Marylin put s'attaquer au reste du matériel.

Le Marocain apprenti-violeur avait fini par chanter. Il lui avait notamment avoué qu'il travaillait pour un prince saoudien qui se trouvait opportunément à Dubaï. C'était l'homme qu'elle avait pris en photo dans la matinée. Il devait prendre un vol pour l'Europe le lendemain matin, et c'était la raison pour laquelle le *Gulfstream* était préparé. Mais en attendant, il logeait sur un yacht qui mouillait au large de Dubaï. Un yacht devenu aussi célèbre que son propriétaire. Le *Serene* appartenait en effet au prince héritier du Royaume d'Arabie Saoudite. Et son intendant était celui qui payait les chèques aux hommes de main. Mais le Marocain avait fourni une information plus critique encore. Une jeune fille occidentale se trouvait à bord, séquestrée dans la cabine du prince intendant. Marylin lui avait demandé plus de détails. Mais l'homme ne l'avait vue que de loin. Elle était blonde. Jeune. Quinze ou seize ans, peut-être. Comme Jenny. Pour Marylin, ce yacht aurait pu appartenir au président des États-Unis, si sa nièce était à bord, elle ferait tout pour la libérer. Et tuerait tous ceux qui se mettraient sur son chemin. D'un geste, elle tira la culasse de l'Uzi Pro pour chambrer une balle. Et elle finit de préparer son matériel.

*   *   *

Le prince jura à voix basse en reposant son téléphone. Le *Gulfstream* venait enfin d'être réparé et il était prêt à partir… techniquement. Mais le contrôle aérien de Dubaï n'avait pas enregistré le plan de vol et cela retarderait le décollage de quelques heures. Le G700 était un superbe engin, à près de 80 millions de dollars. Ses deux réacteurs lui permettaient d'approcher de la vitesse du son et de croiser bien au-dessus des avions de ligne. Mais avec la poussière et le sable qui volaient à Dubaï, et encore plus dans son pays, il n'était pas rare que les moteurs doivent être totalement révisés ou même changés. Il aurait déjà dû être parti, à cette heure. Mais comme disait l'adage, mieux valait avancer doucement, mais sûrement. Son maître lui avait confié des missions à réaliser à Paris. Les affaires du Royaume n'attendaient pas. Et il ne pouvait totalement les négliger.

Le prince fit rouler le verre dans le creux de sa main. Le bar du yacht était rempli des liqueurs les plus fines et sa cave des vins les plus fins. Officiellement, l'alcool était *haram* – interdit par l'Islam. Mais on pouvait compter sur les doigts d'une seule main les princes de sang qui ne buvaient pas. Le tout était naturellement de ne pas se faire prendre. Le Cognac qui glissait sur les parois du verre en cristal était une fantaisie proposée par Hennessy. Le producteur l'avait intitulé en toute modestie « Beauté du Siècle ». Chacune des 100 bouteilles commercialisées contenait un mélange subtil des plus grands crus de la célèbre maison française. Le prince héritier, via des prête-noms évidemment, en avait acheté pas moins de dix, à 220 000 dollars l'unité. Le bar du *Serene* recelait bien d'autres trésors. Mais aucun qui n'occupa l'esprit du prince à cet instant. Pour lui, seul comptait le projet. *Son* projet. Sa main se serra imperceptiblement autour du verre, de colère. Les médecins étaient des incapables. Ils n'avaient toujours pas obtenu de résultats tangibles et leurs progrès étaient nuls. Cela faisait des semaines qu'ils le baladaient. Peut-être était-il temps de leur rappeler qu'un échec n'était pas envisageable. Ce projet était trop important. Il allait changer la face du monde. Comment pourrait-il en être autrement ? Oui, il était temps de le rappeler au docteur Kew.

Le Saoudien fixa l'horizon. Le soleil s'était couché depuis une paire d'heures, déjà, et l'obscurité avait recouvré l'étendue du Golfe Persique. Le noir de la mer, au large, tranchait avec les milliers de feux qui éclairaient Dubaï. Les gratte-ciels de la côte rivalisaient de splendeur. La brume qui recouvrait traditionnellement la ville s'était miraculeusement levée un peu plus tôt dans la journée et on pouvait même apercevoir la pointe lumineuse du Burj Khalifa, qui dominait la ville du haut de ses 828 mètres. La pointe du gratte-ciel géant ressemblait à une aiguille lumineuse, qui aurait tendu les bras vers les cieux. Un halo bleuté projeté vers l'espace ajoutait au mystère de son apparence presque mystique.

Cette lumière était-elle un présage ? Le prince aurait aimé à le croire. Il avala une nouvelle gorgée de Cognac et sentit le liquide lui brûler le gosier, avant d'exploser dans un feu d'artifice de saveurs. Chaque goutte de ce breuvage coûtait une petite fortune. Mais il s'en moquait. Il était lui-même suffisamment riche pour pouvoir s'offrir ces petits plaisirs, sans avoir besoin de piller les réserves de son maître. Il possédait un yacht, également. Moins spectaculaire que le *Serene* sur lequel il se trouvait à cet instant, mais son navire était loin d'une coquille de noix. Le prince héritier lui versait une soulte de dix millions de dollars par an, ce qui en faisait l'un des princes les mieux payés du Royaume, officiellement. Bien entendu, ces sommes étaient totalement confidentielles, et totalement à la discrétion du nouveau maître du pays. Mais il les méritait. Il était devenu l'un des plus proches collaborateurs du prince héritier. Son intendant. L'homme de l'ombre qui s'occupait de la logistique. Et plus encore, se plut-il à reconnaître. Bien plus. À l'extérieur, les vagues s'écrasaient en silence sur la coque en aluminium du yacht. Le brouhaha de la ville était loin.

*

Malgré l'obscurité, Marylin put reconnaître la masse sombre du *Serene*. Elle jeta un coup d'œil rapide à son ordinateur de plongée qui était accroché à son poignet gauche. Quatre mètres de profondeur. Parfait, se dit-elle. Elle savait qu'avec son matériel, elle ne pouvait dépasser les 7 mètres. Elle nagea jusqu'à la coque. La mer était calme mais elle savait d'expérience que ce calme pouvait être trompeur. À proximité d'un tel mastodonte, des courants pouvaient se former. Le bâtiment mesurait plus de 130 mètres de long et déplaçait 8 000 tonnes. Cela en faisait presque l'alter ego d'un destroyer de l'US Navy de classe *Arleigh Burke* ! Marylin fouilla dans le sac qui était accroché à sa taille, et trouva les ventouses électromagnétiques. Elle en prit deux, qu'elle accrocha sur la coque du yacht. Et, petit, à petit, elle se mit à remonter à la surface, dans un silence total. Aucune bulle ne s'échappait de son dispositif de recyclage d'air. L'*Oxygers* était accroché sur sa poitrine, contrairement aux bouteilles de plongée classiques portées dans le dos. Le dispositif était très particulier, et particulièrement déconcertant lors des premières utilisations. En fait, l'*Oxygers* utilisait de l'oxygène pur, et non de l'air comprimé. Cela avait plusieurs intérêts. Il permettait une plus longue autonomie, environ cinq fois plus importante qu'une bouteille d'air de même contenance. Et il éliminait complètement les bulles. Le gaz carbonique rejeté par l'expiration était capturé par une cartouche de chaux. Cela permettait des plongées en parfaite autonomie et dans un silence total. Il n'était donc pas surprenant que l'*Oxygers* soit surtout utilisé par les unités commandos. Conçu par des nageurs de combat français, il avait rapidement intégré les unités de Navy SEALs. Lorsqu'elle avait rejoint le DEVGRU, Marylin avait passé des jours à l'essayer, dans les eaux froides de la côte Est. Pour elle, comme pour les autres membres du Team 6, la pénétration par la mer n'était pas simplement un hobby. C'était une de leurs spécificités.

Mètre après mètre, elle put se hisser jusqu'à la surface des eaux du Golfe Persique. Elle remonta son masque de plongée et regarda autour d'elle. Les ponts supérieurs du bâtiment étaient éclairés. Mais il n'y avait aucun mouvement visible de sa position, ni aucun bruit autre que celui des vagues et, plus lointain, des oiseaux marins. Elle s'accrocha à l'une des ventouses et fouilla à nouveau dans son sac étanche. Elle en tira une petite boîte, qu'elle ouvrit. Il lui fallut moins d'une minute pour faire prendre vie au petit engin. Il mesurait moins de dix centimètres de long, et pesait à peine vingt grammes. Le drone miniature se mit en mouvement et, piloté depuis un petit écran de la taille d'un iPhone, il s'éleva dans les airs. Dans son sillage, le *Black Hornet nano* avait déployé une antenne souple d'une quinzaine de centimètres de long, qui permettait à Marylin de le piloter via une liaison HF à double flux. Dans le nez de l'engin, qui ressemblait à un petit hélicoptère, la caméra infrarouge ne manquerait rien de ce qui se déroulait à l'extérieur.

Mètre après mètre, Marylin fit remonter le drone. De nuit, et avec les clapotis des vagues, le *Black Hornet* était littéralement invisible et inaudible… à moins de tomber nez à nez à bout portant dessus. Marylin vit la coque du *Serene* apparaître sur l'écran, dans un dégradé subtil de vert. Puis le drone arriva au niveau du premier pont. Elle le fit tourner sur lui-même afin de s'offrir une vision panoramique. Rien ni personne. Elle poursuivit donc l'ascension et se rapprocha petit à petit de l'avant du navire. À la proue, elle vit la plateforme d'atterrissage, vide. Elle l'ignora et revint coller la caméra contre la vitre du troisième pont. L'intérieur était obscur. Sur l'écran, Marylin glissa son doigt et le drone se mit à voler à l'horizontal. À l'arrière du pont, de la lumière était visible. Avec un luxe de précaution, elle approcha l'engin des hublots. Il s'agissait sans doute d'un salon. Un lustre pendait du plafond et illuminait des œuvres d'art diverses. Mais la pièce semblait vide. Sur un coin de l'écran, Marylin pouvait suivre l'état de la batterie du drone. À pleine charge, il pouvait voler pendant une vingtaine de minutes. C'était beaucoup et peu à la fois. Car pour un tel mastodonte, inspecter chaque cabine lui prendrait un temps fou. Mais Marylin savait que les cabines des maîtres du bord se trouvaient aux ponts supérieurs, d'où la vue était la plus spectaculaire. Elle fit donc glisser son doigt pour orienter le drone vers les prochains hublots.

La pièce suivante était moins violemment éclairée que la précédente. Seuls quelques spots projetaient d'une lumière tamisée, et des lampes de chevet brillaient, de part et d'autre d'un lit immense. Marylin aperçut une silhouette qui semblait glisser sur le lit. Elle fit la mise au point de la caméra. Et elle vit un homme, entièrement nu. Il était de dos et elle ne pouvait pas voir son visage. Mais il n'était pas seul. Il chevauchait quelqu'un. Une fille, selon toute vraisemblance. Marylin fit tourner son engin afin de dégager un angle de vue moins oblique. Elle faillit lâcher la télécommande lorsqu'elle comprit. La fille semblait inanimée. Ses yeux étaient fermés et elle était inerte, alors que l'homme abusait d'elle. Ses cheveux étaient mi-longs et clairs, et son visage juvénile, presque enfantin. Sur l'écran, il était impossible de lui donner un âge exact. Mais elle ne semblait pas encore sortie de l'adolescence. Elle était entièrement nue. Ses bras étaient attachés en croix aux montants du lit. L'homme accéléra ses mouvements. Et ce fut fini. Il se leva et s'éloigna du lit, vers ce qui semblait être la salle de bain de sa suite. Marylin zooma encore. La jeune fille était visiblement endormie, ou droguée. Elle n'avait pas bougé. Ses doigts se crispèrent sur la télécommande alors qu'elle pivotait encore le *Black Hornet*. Marylin pouvait sentir le sang cogner contre ses tempes. Elle savait que l'Uzi était dans le sac. Elle savait qu'une balle était chambrée. Il lui suffirait de quelques instants à peine pour escalader la coque jusqu'au premier pont, et forcer son passage à bord à coup de 9mm jusqu'à la cabine où se trouvait la jeune fille.

Mais lorsqu'elle put avoir un plan sur son visage, elle soupira. La fille n'était pas Jenny. Ce n'était pas sa nièce. Elle allait faire voler son drone jusqu'à un autre hublot lorsqu'un ronronnement attira son attention, d'abord lointain. Le ronronnement s'amplifia toutefois. Et bientôt la silhouette lumineuse d'un hélicoptère approcha du yacht. Immédiatement, des spots halogènes s'allumèrent pour éclairer la plateforme à la proue du bâtiment. Et, dans un vacarme assourdissant, l'hélicoptère se posa sur le *Serene*. Marylin fit glisser le drone hors de vue de la plateforme. Et c'est à cet instant que l'homme ressortit de la salle de bains. Il s'était habillé d'un pantalon ample et d'une chemise en lin. Marylin prit quelques clichés numériques. La porte de la chambre s'ouvrit et un garde basané entra. Les deux hommes parlèrent quelques secondes, puis sortirent de la cabine et rejoignirent le pont arrière, à l'air libre. Marylin tourna la caméra dans leur direction. Les dernières versions du *Black Hornet* disposaient d'un petit micro piézo-électrique qui permettait, à quelques mètres de distance et sans trop de bruit de fond, d'écouter une conversation. La jeune femme attrapa l'oreillette et la glissa sous sa cagoule de plongée.

« L'avion est prêt », dit l'homme.

« Oui, j'ai été informé », répondit sèchement le prince. « Je voudrais changer le plan de vol », ajouta-t-il.

« Nous n'allons plus à Paris ? », demanda l'homme.

« Si. Mais après j'ai besoin de faire un saut à Monaco. Voyez avec les pilotes. Et faites réserver une suite à l'hôtel de Paris pour demain soir. »

« Combien de temps resterez-vous à Monaco », demanda l'homme.

Le prince haussa les épaules. « Un ou deux jours. Mais réservez l'hôtel pour une semaine. J'aviserai sur place. »

« Dois-je avertir votre bureau à Ryad du changement d'itinéraire ? », demanda l'homme.

Le prince secoua la tête. « Non… Inutile… Je vais à Monaco pour un déplacement privé. »

L'homme inclina respectueusement la tête et s'effaça.

Paris ? Monaco ? C'était peut-être l'occasion pour elle de provoquer une rencontre avec le prince. La fille dont il venait d'abuser n'était pas Jenny. Mais elle était clairement une adolescente occidentale. Peut-être enlevée à une autre famille, aux États-Unis ou en Europe. Mais quelle qu'ait été cette jeune fille, Marylin était prête à parier que le prince était plongé jusqu'au cou dans l'enlèvement de sa nièce. Et il finirait bien par cracher le morceau. Tout prince qu'il était, elle trouverait les arguments les plus convaincants pour le faire parler… Elle fit revenir le drone. Avant de disparaître dans les eaux sombres du Golfe Persique, Marylin eut néanmoins une pensée pour la jeune fille séquestrée au-dessus. Elle ne pouvait rien pour elle. Ou le pouvait-elle ? Si cette jeune fille avait été Jenny, elle aurait déjà massacré la moitié de l'équipage, à cette minute. Elle n'était pas Jenny. Elle était sans doute la fille d'une autre Karen, et la nièce d'une autre Marylin. La jeune femme balaya ces pensées stériles. Elle avait une longue nage à accomplir pour rejoindre la côte de Dubaï. Mais au fond de son esprit, elle se jura que ça aussi, le prince devrait le payer. Un jour…

Chapitre 5

Marylin avait pu attraper le premier vol de la matinée pour Nice, avec une escale à Londres Heathrow. Elle n'était pas mécontente de quitter les Émirats. Ses mouvements à Dubaï ne resteraient pas dans les annales de l'action clandestine. Elle avait laissé trop de traces, et s'était fait avoir comme une débutante par les deux hommes de main du prince. D'ailleurs, le boss devait bien avoir remarqué que son acolyte n'avait plus donné signe de vie et il ne tarderait pas à comprendre que Marylin n'était pas l'innocente journaliste qu'elle prétendait être – sans parler qu'il réaliserait tout aussi vite qu'elle était toujours bien vivante… Les deux hommes étaient des anciens des services marocains. Cela n'était pas si surprenant. En Arabie Saoudite, les soldats de base n'étaient pas des nationaux. Les Saoudiens trustaient les positions d'officiers supérieurs, et embauchaient quasi-systématiquement des étrangers pour les boulots subalternes. Historiquement, l'infanterie était peuplée de Yéménites, la marine de Pakistanais et l'Armée de l'Air d'Égyptiens ou d'Émiratis. Mais avec les troubles à la frontière sud et la guerre ouverte contre les rebelles Houthis au Yémen, il avait bien fallu piocher ailleurs. Ryad s'était donc tourné vers les services du pourtour méditerranéen – notamment marocains et tunisiens, qui étaient loin d'être des amateurs. Pourtant,

Marylin savait que la protection rapprochée des membres de la famille royale était rarement déléguée. Et les actions clandestines du Royaume encore plus. C'était l'un des multiples mystères qu'elle devrait sans doute élucider.

L'aéroport de Nice avait été littéralement construit sur l'eau. L'Airbus A321 en provenance de Londres rasa la surface de la Méditerranée avant de poser ses roues sur l'asphalte. Le roulage fut rapide, et moins de cinq minutes plus tard, Marylin faisait la queue au contrôle des passeports. Elle s'était débarrassée du faux passeport au nom de Linda Kingsley, et avait dû en piocher un autre dans son stock. Agent clandestin était un métier exigeant, et le département technique de l'Agence ne chômait pas pour leur fournir tout ce dont ils pouvaient avoir besoin sur le terrain. À commencer par une légende et tout ce qui était utile pour la faire vivre et la rendre vaguement crédible. Contrairement à certains agents infiltrés pendant une longue période sous couverture, les opérationnels du SOG allaient et venaient au gré des missions. Ils ne passaient pas suffisamment de temps dans tel ou tel pays pour qu'il soit nécessaire de travailler leurs légendes dans les moindres détails – ils passaient tout au plus quelques jours, et parfois quelques heures à peine sur place. Un faux passeport et une couverture légère suffisaient, en général.

Marylin tendit son passeport au policier français, qui le feuilleta d'un œil distrait, jetant quelques regards vers elle à travers la vitre en plexiglass. Puis il écrasa un tampon sur la dernière page et le rendit à la jeune femme. Quarante minutes plus tard, Marylin avait obtenu les clés de sa voiture de location et s'engageait sur la route côtière à destination de Monaco, à une vingtaine de kilomètres de là. Elle avait réservé une chambre au Novotel de la principauté. L'hôtel n'était pas nécessairement le plus luxueux. Mais il avait plusieurs atouts. Un prix imbattable pour commencer.

Au grand désespoir de Marylin et de ses collègues du SOG, les frais d'hébergement que l'Agence proposait *per diem* ne permettaient pas d'entretenir un train de vie à la James Bond. Pour les unités clandestines et paramilitaires de la CIA, il n'y avait ni palace, ni costume Brioni, ni Aston Martin dernier cri. Et même en « congés », Marylin aurait eu du mal à se payer plus d'une nuit dans l'un des palaces de la ville. L'autre atout du Novotel, en sus d'une vue plongeante sur la marina, était sa proximité avec l'Hôtel de Paris. 250 mètres à vol d'oiseau. Cela permit à Marylin d'effectuer sa première reconnaissance des lieux quelques minutes après qu'elle ait pu poser ses affaires dans sa chambre.

L'Hôtel de Paris était idéalement placé, et dominait la place du Casino. Marylin tourna autour, en faisant semblant d'admirer les bolides rutilants qui étaient garés. Mais faisait-elle réellement semblant ? En d'autres circonstances, et si la vie de Jenny n'avait pas été en jeu, elle aurait sans doute profité du lieu. Comme toutes les femmes, la proximité des Ferrari, Rolls, Porsche, Bentley et Bugatti la rendait hystérique. Peut-être pas pour les mêmes raisons, toutefois. Pour elle, il ne s'agissait pas tant de trouver un mari richissime qui lui aurait offert l'un ou l'autre de ces joujoux. C'était simplement le plaisir de l'esthète, de la garçonne qu'elle était et qui ne pouvait s'empêcher d'être fascinée par tout ce que les garçons adoraient : voitures de sport, armes à feu… Son examen psychologique avait d'ailleurs été un casse-tête pour les psys du DEVGRU. Elle ne l'avait appris que bien plus tard, mais les médecins de l'unité avaient hésité à poser leur veto à son recrutement. Elle était une énigme, pour eux. Et ce n'était pas tant parce qu'elle était garçonne. Bien d'autres opératrices du *black squadron*, et, Marylin l'apprendrait plus tard, du « *funny platoon*[11] » de la Delta Force, étaient de vrais garçons manqués. Ou plutôt des garçons enfermés dans des corps de filles. Musclées, vissées au stand de tir, lorsqu'elles n'étaient pas au bar à siroter des bières avec leurs homologues masculins. Mais pour ces opératrices, il y avait le plus souvent une cohérence. Elles n'étaient pas attirées par les garçons… Marylin était un prototype, d'une certaine façon. Quasi schizophrène. En l'espace d'un instant, elle pouvait passer de l'agressivité d'un petit caïd à la douceur envoutante d'une femme fatale. Pour les psys du SEAL Team 6, cette dualité pouvait être un formidable atout, s'il était conscient et contrôlé, ou pouvait être un désordre psychotique, signe de dédoublement de personnalité. Ils ne pouvaient se permettre de prendre de risques. Car sur le terrain, en pleine zone grise, sous couverture, une psychopathe en liberté pouvait causer des dommages irréparables. Pour elle-même, pour ses coéquipiers ainsi que pour la réputation des États-Unis. Les opérations clandestines du JSOC, et notamment les missions Oméga, allaient très loin dans l'illégalité. Jusqu'à enlever des suspects. Et parfois jusqu'à exécuter des sentences plus définitives encore.

Les grandes chaleurs de l'été étaient passées mais l'air restait doux. De délicats parfums de fleurs et d'iode embaumaient l'atmosphère, à peine troublée par le rugissement des moteurs 12 cylindres. Au bout d'une heure, Marylin décida qu'elle en avait assez vu, et elle alla faire quelques courses. Cet abruti de Marocain lui avait ruiné sa chemise et son soutien-gorge lorsqu'il l'avait préparée pour son dernier bain. Il lui fallait donc trouver des changes, histoire de rester propre. Mais en flânant autour du Casino, elle comprit rapidement que la plupart des boutiques du rocher étaient hors de sa bourse. Même celles qui ne payaient pas nécessairement de mine. Elle finit, au bout d'une trentaine de minutes à écumer les petites rues étroites les plus éloignées de la mer, par trouver un magasin de mode féminine plus modeste. Elle essaya quelques affaires, et sortit avec deux nouveaux pantalons en toile légère, quelques chemises en lin, des sous-vêtements confortables à défaut d'être sexy, ainsi qu'une robe légère. Elle ne prévoyait pas d'aller jouer au Casino ni de dîner dans l'un des restaurants étoilés de Monaco, mais il fallait être prête à tout. Et notamment à réveiller la femme qui somnolait en elle, au cas où. Son dernier achat fut un peu différent. Lorsqu'elle avait quitté Dubaï, elle avait naturellement dû laisser son arsenal à la *safe house*. Et contrairement au Moyen-Orient, la CIA et le JSOC n'avaient pas trouvé opportun d'installer des arsenaux en libre-service sur la côte d'Azur. Marylin était donc, en termes d'armement, nue comme un ver. Elle savait se battre, bien sûr. Mais parfois la technique de *close-combat* ne suffisait pas. Elle trouva donc une boutique spécialisée dans les couteaux, et elle choisit une petite lame à cran d'arrêt ainsi qu'un couteau entièrement fait en céramique. Elle n'en attendait pas de miracle. Mais c'était mieux que rien.

Équipée de pied en cape, elle n'avait plus qu'une chose à faire : attendre. Et la patience n'était pas nécessairement sa principale qualité…

*   *   *

Le prince soupira dans la limousine qui le conduisait vers l'aéroport du Bourget. Il avait fait la tournée qu'on attendait de lui, rencontrant des diplomates européens ou parlant des affaires privées de son maître. Les deux facettes n'étaient pas différentes, en réalité. Pour le prince, elles étaient mêmes indissociables. Cela pouvait surprendre, vu d'Occident, mais le Royaume d'Arabie Saoudite ne distinguait pas les affaires de l'État et les affaires privées de la famille royale. Il n'y avait pas de distinction entre la cassette royale et le budget du pays, par exemple. Comme cela avait pu être le cas dans l'Europe médiévale. Mais tout au long de ces discussions, le prince avait dû se faire violence. Son esprit était ailleurs, bien loin de ces rendez-vous insipides et sans intérêt. Il avait fait bonne figure, et défendu les intérêts de la dynastie à laquelle il appartenait.

Derrière ses paupières désormais closes, sur la banquette arrière de la Mercedes S600, les visages des diplomates et des hommes d'affaires qu'il venait de rencontrer s'étaient évaporés. Il ne restait plus qu'une silhouette. À la fois claire et vaporeuse. Celle que Leonard de Vinci avait peinte, 500 ans plus tôt. Le *Salvator Mundi* était la clé. C'était tout du moins ce qu'un manuscrit du maître de la Renaissance avait laissé entendre.

Pour le Saoudien, tout était pourtant parti d'une fantaisie culturelle. Riche à milliards, son propre maître lui avait demandé de dresser une liste des artefacts qu'un mécène digne de ce nom devait posséder, et présenter au monde dans un musée de sa création. Les Saoud devaient passer de la diplomatie du pétrole à celle des sciences, des arts et des lettres. L'intendant s'était exécuté. Chez Christie's, il était tombé par hasard sur un manuscrit original de Leonard, datant de la fin du 15ème siècle. En partie illisible. Leonard était passé maître dans l'art de crypter ses lignes, au moyen de techniques plus ou moins sophistiquées. La plus simple consistait à écrire à l'envers un texte qui ne pouvait être lu qu'au travers d'un miroir. Mais le maître italien était allé bien plus loin. Il fallut presque deux ans aux meilleurs experts étrangers pour décrypter ce que Leonard avait écrit dans son manuscrit. Et lorsqu'il eut le transcrit, le prince réalisa que les cinq millions de dollars qu'il avait payés – de la cassette du prince héritier, d'ailleurs, pas de la sienne – pour le manuscrit avaient sans doute été l'investissement le plus judicieux et le plus rentable de sa vie. Mais ce manuscrit n'était que la moitié du puzzle. L'autre moitié se trouvait cachée dans une autre œuvre du maître italien, d'après le manuscrit. Sur une toile. Par une certaine ironie, cette toile était la seule, parmi la vingtaine attribuées à Leonard, qui ne soit pas exposée dans un musée. Le *Salvator Mundi* était la possession d'un mystérieux homme d'affaires. Et il était en vente. En fallait-il plus pour sentir un signe du destin ? Un geste de Son Créateur ? Un signe qui avait coûté la bagatelle de 450 millions de dollars à son maître. Mais il n'avait pas été trop difficile à convaincre. Acheter le *Salvator Mundi* devait être la pierre angulaire de la nouvelle politique de mécénat qu'il préparait pour la couronne, le chef d'œuvre qu'il exposerait au sein du musée *Al-Ula* qu'il avait en tête, dans la ville de Médine. Et peut-être le serait-il, d'ailleurs, se dit le prince intendant. Il avait eu tout le loisir d'étudier l'œuvre, avant que son maître ne décide de l'accrocher dans son yacht. Le tableau n'avait plus de valeur pour le prince intendant, désormais. Il avait obtenu les réponses à ses questions. Il avait pu percer ses secrets. *Ce* secret que Leonard avait caché dans ses œuvres, afin de laisser une postérité au plus extraordinaire miracle auquel il lui avait été donné d'assister. Un secret qui était resté plus d'un demi-millénaire dans l'obscurité. Et qui aurait pu ne jamais être dévoilé.

Le prince intendant n'avait pas été particulièrement religieux. Il était né au sein de la famille royale saoudienne, et pour l'état-civil, il n'était qu'un cousin très éloigné du prince héritier. Cela lui avait néanmoins apporté une prospérité inouïe, et le rang de prince de la couronne. Mais cette richesse venait aussi avec quelques obligations. Dont celle d'une « pureté » de comportement. Au moins en public. Les princes affectaient de comprendre et de suivre les prescriptions rigides des oulémas, mais pour l'immense majorité, ils n'en pensaient pas moins. L'alliance du sabre et du goupillon avait posé la fondation du Royaume, au milieu du 19ème siècle. Et aujourd'hui encore, l'Arabie Saoudite marchait sur deux pieds : les membres de la famille régnante, descendants directs de ben Saoud d'un côté et les descendants du prédicateur religieux Mohammed ben Abdelwahhab de l'autre. Les Saoud n'étaient pas tout puissants à Ryad, contrairement à ce qu'on pouvait croire. Ils devaient faire avec les Al ach-Cheikh[12].

Le prince avait plongé très jeune dans les subtilités de la vie politique du Royaume. Ami proche du prince héritier, il avait joué au foot avec lui alors qu'ils n'étaient que des gosses. Il l'avait naturellement rejoint au palais royal lorsque celui-ci fut nommé prince héritier à la surprise générale. Avec lui, ce fut d'ailleurs toute une nouvelle génération qui arriva aux affaires, bien plus jeune que la précédente. Ce devait être l'inauguration d'un nouveau style. De nouvelles ambitions pour le Royaume. Et au début, ce fut le cas…

« Nous sommes arrivés. »
Le prince sursauta, à l'arrière de la Mercedes. Il ouvrit les yeux et vit en effet la silhouette élancée du *Gulfstream*. Ils étaient manifestement arrivés à l'aéroport du Bourget.
« Les formalités administratives ont été finalisées, nous pouvons décoller », lui dit l'un de ses gardes du corps.
Le prince acquiesça. Le contraire eut été surprenant. Membre de la famille royale et conseiller du prince héritier, il disposait d'une immunité diplomatique, et avait rang de ministre. Il ouvrit la porte de sa voiture sans attendre qu'un de ses gardes du corps ne le fasse, et sauta à terre. En quelques enjambées, il avait rejoint l'avion privé. Une hôtesse non voilée l'attendait en haut des marches, le salua et lui tendit une serviette chaude et parfumée avec laquelle il put s'essuyer les mains. Il retrouva son fauteuil et se

laissa tomber dessus, alors que le sifflement des tuyères du jet s'amplifiait. Bientôt, la porte du *Gulfstream* G700 fut refermée et le rugissement des moteurs ne fut plus qu'un souvenir. L'insonorisation de la carlingue était exceptionnelle. L'hôtesse lui proposa un rafraichissement. Le prince attrapa sans réfléchir le verre de jus d'orange. Il en but une gorgée et constata avec satisfaction que l'hôtesse s'était souvenue de ses goûts. L'orange avait un délicat arrière-goût de vodka.

À travers le hublot, il vit la piste défiler et l'avion prit l'air. La prochaine étape serait l'aéroport de Nice. Puis Monaco, qu'il rejoindrait par hélicoptère. Aucune corvée officielle ne l'attendait en principauté. Juste un rendez-vous avec l'homme qu'il avait chargé de mettre son projet en musique. Un homme qui prétendait pouvoir réaliser ce que personne d'autre n'avait jamais réussi à faire. Ce médecin avait été formel. Le prince l'avait crû. Décrypter les mystères du manuscrit de Leonard n'avait été qu'un jeu, au début. Ce qu'il avait découvert avait transformé le jeu en quête. Une quête qui donnait tout son sens à une vie jusque-là oisive et insipide. Une quête pour laquelle il était prêt à tout. À tuer, s'il le fallait. Rien ni personne ne pourrait se mettre sur sa route. Les enjeux étaient trop élevés. Le médecin ferait ce qu'il s'était engagé à faire. L'argent n'était pas un obstacle. Le médecin avait été payé une petite fortune. Pour quoi ? Qu'avait-il à se mettre sous la dent ? Était-il plus près du but ? Peut-être qu'il s'était trompé sur lui. Peut-être s'étaient-ils *tous* trompés sur lui ? Ou peut-être devrait-il trouver d'autres moyens de le motiver. D'autres leviers sur lesquels jouer pour qu'il obtienne le résultat qu'il attendait de lui.

*   *   *

Marylin dut réviser son jugement sur l'efficacité des services du Maghreb. S'ils étaient vraiment en charge de la sécurité rapprochée du prince, ils ne méritaient pas leur réputation. L'hélicoptère en provenance de Nice avait été affrété au nom du prince, et ce ne furent pas moins de deux SUV Rolls Royce rutilants aux vitres teintées qui transportèrent le Saoudien et sa suite jusqu'à l'Hôtel de Paris, depuis l'héliport. On faisait plus discret… Marylin se trouvait au café du Casino, pile en face de l'entrée du palace, lorsque le convoi se gara. Le prince sortit, immédiatement suivi par deux armoires à glace. La jeune femme se trouvait à moins de cinquante mètres et elle reconnut, même de profil, le visage de l'homme qui avait violé cette pauvre fille dans le yacht. Le Saoudien était en costume sombre, visiblement de bonne coupe. Il s'engouffra dans le hall de l'Hôtel de Paris, alors qu'une petite main s'employait à sortir une collection impressionnante de valises avec l'aide des employés de l'hôtel. Contrairement à Marylin qui avait voyagé avec un misérable sac rempli des quelques affaires que l'homme de main n'avait pas découpées au couteau, le prince disposait de réserves plus substantielles. Discrètement, Marylin prit quelques photos avec son téléphone portable. Ce n'était pas par fétichisme, naturellement. Ni pour constituer un dossier pénal. C'était juste pour comprendre le dispositif de sécurité, ainsi que pour avoir en photo les visages des hommes de main. Il fallait toujours connaître son ennemi. Cela lui permettrait notamment d'éviter de se faire à nouveau avoir comme une débutante, comme à l'InterContinental de Dubaï.

Le jour commençait à décliner. Cela faisait près de trois heures que le prince était arrivé. Marylin commanda une nouvelle eau minérale, et se replongea dans le stock de journaux et de magazines qu'elle avait achetés. Elle les avait déjà lus deux fois de long en large, mais il lui fallait donner le change. De temps en temps, elle faisait semblant de parler au téléphone, et de s'agacer du retard d'un amant virtuel qu'elle était censée attendre, plantée là sur la terrasse du Café du Casino. C'était une précaution sans doute superflue. Mais c'était une précaution quand même. En fait, elle se rendit compte que c'était la première fois qu'elle opérait en solo – et pour cause. Rien de ce qu'elle faisait n'avait de lien officiel avec l'Agence. Elle s'était mise en congé avant de partir pour Penrose rejoindre sa sœur. Lors de ses déploiements, elle avait toujours travaillé en équipe. En binôme avec Tim, lorsqu'elle était au DEVGRU. Puis intégrée à des équipes plus étoffées encore, après qu'elle ait rejoint la branche paramilitaire de la CIA. Travailler seule était autrement plus exigeant. Épuisant physiquement et nerveusement. Et bien plus dangereux. Un professionnel ne pouvait pas se souvenir de tous les visages qu'il avait croisés dans une journée. Mais il pouvait repérer une personne qui faisait le pied de grue face à l'hôtel de son « principal » durant des heures. Pourtant, quel autre choix avait-elle ? Elle ne pouvait pas laisser le prince sans surveillance. Il n'était pas venu à Monaco pour profiter de la mer ou jouer au casino. Qu'était-il venu faire ici ?

Marylin allait commander un nouveau Perrier lorsqu'elle constata que les choses s'agitaient devant l'Hôtel de Paris. Un des gardes du corps du prince venait de sortir et le voiturier de l'hôtel était allé chercher l'une des Rolls *Cullinan*. Ce n'était peut-être rien, mais Marylin posa un billet sur la table et se leva. Elle avait réussi à garer son scooter de location à l'angle de la place du Casino. Et elle fit bien. Cinq minutes plus tard, elle vit le prince sortir de l'hôtel et grimper à bord du SUV. Puis le mastodonte roulant partit en trombe vers la colline. Marylin sauta sur son scooter, ajusta son casque, et se mit en poursuite. Seule sur son scooter, suivre la Rolls sans se faire repérer serait une gageure. Elle le savait. Mais avait-elle une meilleure solution ? Elle n'avait pas de balise qu'elle aurait pu accrocher à la Rolls, ni de drone à disposition… Elle fit bien attention toutefois de ne pas se coller au SUV. Ni de se laisser distancer. Il fallait rester la plus éloignée possible, sans se faire semer. Dans les petites rues de la principauté, c'était mission quasi impossible. Mais elle parvint néanmoins à garder un contact visuel avec la *Cullinan*, sans s'épargner quelques frayeurs. La voiture sortit vite de Monaco et prit un cap vers le nord. À son grand soulagement, la Rolls resta toutefois sur des routes secondaires. Et malgré la qualité du prince qui se trouvait à bord, le chauffeur respecta au cordeau les limitations de vitesse. C'était inespéré, car avec son moteur V12 de 600 chevaux, la Rolls n'aurait laissé aucune chance au scooter poussif de Marylin. Lorsqu'ils arrivèrent sur des routes de campagne, Marylin décida d'éteindre le phare avant de son deux-roues. C'était sans doute incroyablement dangereux. Mais autant dans la ville, elle avait pu se fondre dans la circulation, autant au milieu du néant, il n'aurait pas fallu bien longtemps aux gardes du corps du prince pour repérer la filature. Elle roula ainsi une dizaine de minutes, concentrée sur les phares qui fusaient au loin, et sur la route devant ses roues. Puis elle vit la Rolls ralentir et finir par s'arrêter devant un portail. Marylin gara son scooter sur le bas-côté et sortit son appareil photo. Elle tourna la vis du téléobjectif. La propriété était de belle taille, perdue dans la campagne. Elle vit la grille métallique du portail s'effacer et la Rolls disparut à l'intérieur de la cour. Marylin ôta son casque, et se mit à progresser sous le couvert de la pénombre, à la recherche d'une meilleure position pour espionner ce qui se passait à l'intérieur.

*   *   *

« Cette visite est une surprise », balbutia le docteur Kew alors que le prince saoudien s'installait dans le canapé du salon, impavide.

Le docteur Kew avait une cinquantaine d'années. Son visage était rond et ses cheveux restaient d'un noir de jais, malgré les années qui avançaient. Des lunettes rondes avec monture en écailles ne parvenaient pas à dissimuler des sourcils broussailleux. Il était vêtu d'un pantalon en lin, et d'une chemise assortie, aux manches retroussées qui laissaient apparaître une montre hors de prix au poignet.

Le prince fit signe au médecin de prendre place. C'était le monde à l'envers, où l'invité commandait à l'hôte des lieux. Mais le docteur Kew ne broncha pas. Les deux gardes du corps du prince s'étaient installés en surveillance. Un était resté à l'entrée de la maison. L'autre surveillait la terrasse.

« Je ne suis pas satisfait de l'avancée de vos travaux », commença le prince, sans s'encombrer de formules de politesse.

« Je ne comprends pas », tenta le médecin. « Nous progressons aussi rapidement que possible… »

« Quels progrès ? », l'interrompit le prince. « Quels ont été vos progrès tangibles ? »

Le médecin coréen toussota. « Nous sommes parvenus à compléter le brin d'ADN des… »

« Je me fiche des détails. Où en êtes-vous ? Êtes-vous prêts à tenter une insémination ? »

Le docteur Kew secoua la tête piteusement. « Non, les choses sont plus complexes que cela. Nous avons besoin de plus de temps… »

Le prince se redressa sur le canapé. « Je vous ai tout donné. Tout ce que vous m'aviez demandé », grinça-t-il. « Des centaines de millions de dollars, afin que vous puissiez embaucher le personnel qui vous semblait utile et acheter le matériel dont vous aviez besoin. Et je vous ai trouvé les hôtes ! Je ne pense pas que vous réalisez les risques que j'ai dû prendre pour cela… »

Le médecin avala sa salive avec difficulté. « Je sais tout ce que… »

Mais le prince l'interrompit à nouveau. « Le savez-vous vraiment ? Je vous ai offert les moyens de poursuivre vos recherches. De faire vraiment ce que vous prétendiez pouvoir faire ? Qui d'autre vous a offert de telles conditions de travail ? »

« Personne », admit le médecin, livide.

« Non, *personne* », répéta le prince. « Dois-je vous rappeler que *vous* êtes venus me voir ? Dois-je vous rappeler que *vous* m'aviez promis que l'insémination pourrait être envisagée en quelques semaines ? »

« C'est exact… Les choses avancent… Mais nous avons été confrontés à des difficultés inattendues… »

« Qui est ce *nous*, docteur ? », répliqua le prince, acide. « Vous êtes sur la côte d'Azur pendant que vos équipes travaillent à Oman. Disposez-vous d'un laboratoire secret dans cette maison, d'où vous conduisez des recherches ? », demanda le Saoudien.

Le médecin secoua la tête. « Non… Mais je suis en temps réel les travaux de mes équipes sur place, je peux vous l'assurer… »

« Je me fiche des détails », cingla le prince. « J'attends des résultats. Des *résultats* ! Le temps commence à presser. Il serait vraiment ennuyeux que le mois s'écoule sans que vous ne puissiez me présenter de bonnes nouvelles. Des résultats *tangibles*. J'espère que nous nous comprenons. »

Le docteur Kew acquiesça mollement.

« Nous allons redoubler d'efforts », tenta-t-il.

Le prince le dévisagea pendant quelques longues secondes, alors qu'un silence pesant s'abattait sur la pièce. Seul le bruit de la cascade qui coulait dans la piscine, à l'extérieur, agitait le fond sonore. Puis le prince se leva et ajusta avec soin le pli de son costume.

« Je l'espère… Dans votre intérêt », lâcha-t-il. Il leva une main molle dans la direction d'une série de cadres qui étaient posés sur un guéridon.

« Et dans l'intérêt de votre famille. »

Puis il tourna les talons et se dirigea vers la porte de la maison, immédiatement entouré par ses gardes du corps.

*   *   *

Marylin suivit la Rolls des yeux. Elle avait trouvé une petite butte ombragée d'où elle disposait d'une vue plongeante sur la terrasse. Mais le seul visage qu'elle avait pu prendre en photo était celui du garde du corps du prince qui avait passé son temps à scruter l'obscurité. La jeune femme hésita à reprendre son scooter et à se remettre à chasse. Mais restait une question sans réponse : qu'est-ce que le Saoudien était venu faire ici ? Il n'était resté qu'une dizaine de minutes, à tout casser. C'était peu pour retrouver une pute. Et bien moins encore pour une beuverie ou une partie de poker clandestine. À la tête d'une équipe, Marylin aurait pu scinder ses effectifs, et laisser un ou plusieurs agents sur la Rolls. Mais là, elle devait se débrouiller seule. Et elle décida de rester là, en plein milieu de la campagne.

Elle n'eut d'ailleurs pas longtemps à attendre. Une silhouette sortit sur la terrasse quelques instants à peine après le départ de la Rolls. Marylin ajusta son téléobjectif et prit quelques clichés. Un homme. Quarantaine ou cinquantaine. Tenue décontractée. Léger embonpoint. Asiatique. Chinois… plutôt Coréen, jugea-t-elle. Les différences physiques étaient subtiles et, à cette distance et dans la pénombre, c'était difficile d'être plus catégorique. L'homme se laissa tomber sur une chaise longue, à côté de la piscine. La maison était construite sur deux étages, mais seul le rez-de-chaussée semblait éclairé. Était-il seul ? Il n'y avait qu'un moyen de le savoir. Et de toute façon, Marylin réalisa qu'elle n'avait pas le choix. L'homme qui larvait à côté de la piscine était non seulement sa meilleure piste... mais c'était désormais sa *seule* piste... À moins de confronter le prince, bien sûr. Mais Marylin était lucide. Cela resterait l'ultime option. Lorsqu'il ne lui resterait plus rien d'autre.

*   *   *

Kew remarqua que sa main tremblait toujours. Il fit un effort pour se calmer, inspirant l'air frais de la campagne à pleins poumons. Le prince n'avait même pas cherché à voiler ses menaces. Mais risquerait-il de les mettre à exécution ? Pouvait-il s'en prendre à sa famille ? Son épouse et ses deux enfants se trouvaient toujours en Corée, dans le sud du pays. C'était loin de Ryad. Et loin de Monaco, aussi. Il avait préféré les laisser en dehors de ses affaires, et il reconnut qu'il avait bien fait. Et puis l'éloignement lui avait aussi permis de profiter de la vie. Il adorait sa famille, mais il adorait aussi les corps parfaits des prostituées de luxe qu'il trouvait à Monaco. Il adorait les grands crus, les voiture de sport, et le frisson du jeu. Oui, le prince avait raison sur un point : il avait été grassement payé. *Royalement* payé. Au total, il avait pu mettre près de cinquante millions de dollars de côté sur les sommes que le prince avait virées pour la conduite de ses travaux. Cinquante millions de dollars. De quoi vivre comme un pacha pendant tout le reste de sa vie. Comme un pacha, ou comme un fugitif ?

Que lui avait-il pris ? Pourquoi avait-il juré au prince qu'il réussirait ce qu'aucun autre scientifique n'avait jamais réussi à faire ? Ses recherches avaient sans doute poussé la génomique bien au-delà de ses frontières traditionnelles. Il en était devenu le plus grand spécialiste, certainement. Mais la renommée scientifique ne lui avait pas suffi. Aurait-il eu le prix Nobel, un jour ? C'était vraisemblable. Mais que valait un Nobel à quatre-vingts ans ? Que valait une vie de chercheur, payé à coup de trique ? Ses recherches lui avaient permis de toucher du doigt l'origine de la vie. La *clé* de l'existence. Couché sur son transat, il observa le ciel. Sa maison se trouvait suffisamment loin des lumières parasites de la côte et il n'y avait presque aucune pollution pour masquer les milliers d'étoiles qui scintillaient dans le ciel. Il restait si peu de frontières inexplorées dans le monde. L'espace en était clairement une. Mais le vivant en était une autre. Bien plus exaltante. Et aux applications plus prodigieuses encore.

Kew ne vit pas l'ombre se glisser derrière lui. Son esprit était trop loin. Trop haut. C'est lorsqu'une main se posa sur sa bouche et qu'il sentit une lame glacée se poser sur sa gorge qu'il réalisa qu'il n'était pas seul. Pendant une fraction de seconde, il imagina que le prince avait changé d'avis, et ordonné à l'un de ses hommes de main de venir l'exécuter. Mais à sa grande surprise, ce fut une voix féminine qui lui parla.

« Je te conseille de ne pas bouger, de ne pas crier. Si tu comprends ce que je viens de te dire, hoche simplement la tête », dit la voix, en anglais.

Kew acquiesça aussi lentement que possible.

« Très bien. Est-ce que tu es seul ici ? »

Il acquiesça.

« Tu es sûr », demanda la voix alors que la lame entaillait sa peau, à quelques millimètres de sa carotide. Visiblement, la femme voulait qu'il comprenne qu'elle ne rigolait pas, et qu'elle n'hésiterait pas à l'égorger.

Il acquiesça à nouveau.

« Parfait… Je vais ôter ma main de ta bouche. Je vais te poser quelques questions, et tu vas me répondre. Tente un truc absurde, et je te laisserai te vider de ton sang à côté de ta jolie piscine. »

Kew inclina la tête. Il sentit la main glisser sur sa bouche, et il put respirer à nouveau.

« Qui êtes-vous ? », demanda-t-il. « Que voulez-vous ? »

« C'est moi qui pose les questions », grinça Marylin. « Qu'est-ce que le prince te voulait ? »

Kew secoua la tête. « Je ne vois pas ce que vous voulez dire… »

Mais la lame se mit à mordre plus encore dans ses chairs.

« Je vous en prie, ne me tuez pas ! », supplia-t-il. « Je vais tout vous dire… Je vais tout vous dire… »

« Commence par répondre à ma question. »

Kew s'était mis à trembler. Marylin souleva la lame de son couteau en céramique de quelques millimètres. Elle connaissait parfaitement l'anatomie humaine et en un geste, elle pourrait lui trancher la carotide.

« Je suis en affaires avec le prince », gémit Kew.

« Quels genres d'affaires ? »

« Je travaille pour lui… »

« Sois plus précis ! », grogna Marylin en reposant la lame sur la gorge du Coréen.

« Je suis médecin. Je réalise des recherches médicales pour le prince… »

« Je n'ai pas toute la nuit », souffla Marylin. « Sois plus précis et raconte-moi tout ! »

« Je réalise des recherches médicales sur le génome animal… J'ai réussi il y a quelques années à reconstituer synthétiquement l'ADN d'un organisme primitif pluricellulaire, à partir de traces retrouvées dans une calotte glacière… »

« Qu'est-ce que tu me racontes ? Sois plus précis ! »

« J'ai pu recréer un organisme vivant à partir de ces traces génétiques, en complétant l'ADN manquant grâce à des ajouts d'ADN viral. »

« Tu as construit un hybride ? Qu'est-ce que le prince a à voir avec ça ? Ça a des applications militaires ? Tu as développé une arme bactériologique ? »

« Bactério… Non ! », protesta Kew. « Bien sûr que non ! Mes recherches sont purement pacifiques ! J'ai simplement pu reconstituer un être vivant. J'étais chercheur à l'université de Séoul, mais les responsables de l'université n'ont pas accepté de financer la suite de mes recherches. Lorsque j'ai demandé à travailler sur du matériel génétique humain… »

« Humain ? Qu'est-ce que tu me chantes là ? Quel matériel génétique humain ? »

« Je voulais prouver qu'il était possible de créer *in vitro* un embryon, à partir de morceaux de matériel génétique. De cloner un individu adulte. De fabriquer des gamètes. »

« De quoi parles-tu ? Tu te prends pour Frankenstein ? Tu prends des morceaux d'ADN venant de plusieurs individus, et tu créés un monstre qui possède une partie de l'ADN de chacun ? C'est ça ? »

Kew secoua la tête. « Non… Enfin si… Ce serait possible, en théorie… Mais ce n'est pas ça que m'a demandé le prince… »

« Va directement au but ! », s'énerva Marylin.

« Il m'a contacté un jour, pour me proposer de financer mes recherches. Ses termes étaient extrêmement généreux, et j'ai accepté… J'ai pu installer un laboratoire complet à Oman, recruter des scientifiques. »

« Je vois mal le prince en mécène des arts et des sciences. Que te voulait-il vraiment ? »

« Je m'en suis rendu compte plus tard », soupira Kew. « Il est venu me voir. Il m'a demandé de travailler sur un échantillon de sang humain. Il m'a demandé de reconstituer un gamète mâle à partir du matériel génétique du sang. »

« Tu te fous de moi ! C'est le scénario de *Jurassic Park* que tu me décris ! Et tu vas me sortir que le sang a été retrouvé dans un moustique pris dans de l'ambre ! Il va falloir me trouver autre chose si tu as envie de vivre un autre jour. »

« Je vous promets que je vous dis la vérité », se mit à paniquer l'homme. « Le sang n'était pas dans un moustique. Il était sur un linge. Un linge très ancien. »

« Un linge ? Quel genre de linge ? »

« Je ne sais pas… Une sorte de linceul. Il avait été conservé dans une atmosphère préservée, et à une température constante. J'ai pu retrouver du matériel génétique exploitable. Après tout ce temps, c'était presque miraculeux… »

« Qu'est-ce que tu entends par *'après tout ce temps'* » ?

« Mille cinq cents ans… Peut-être plus, d'après la datation que l'ai pu effectuer… Ce n'était pas précis… »

« Mille cinq cents ans ! C'est une plaisanterie ? »

« Non… Je vous le promets… »

Marylin soupira. Elle sentait la colère l'envahir. Petit à petit, ses doigts se crispaient sur le manche du couteau. Cet abruti était en train de se payer sa tête. Et ce n'était ni le lieu, ni le moment.

« Bon. Je résume. Un prince saoudien vient te voir. Te file une montagne de pognon pour que tu puisses fabriquer un gentil spermatozoïde à partir du matériel génétique retrouvé sur un linceul qui date de l'époque de la chute de Rome ? C'est ça ? »

L'homme acquiesça. « Oui… Mais ce n'est pas tout… »

« Bein voyons… Tu vas me dire qu'il y avait aussi des écailles de Tyrannosaure ? »

« Non… Le prince voulait que nous fécondions un ovule avec ce gamète et que nous inséminions l'embryon dans une femme… Dans une fille… Dans la fille à qui nous aurions prélevé l'ovule… »

« Et ? »

« Le prince m'a demandé de trouver les meilleures candidates pour cette insémination. »

« Continue ! », ordonna Marylin. Une boule glacée venait de se former dans le creux de son estomac.

« J'ai pu réaliser un séquençage du génome à partir du sang. J'ai trouvé des traces d'altérations génétiques cohérentes avec des maladies très particulières. Une forme ancienne et très atypique de Drépanocytose. C'est une maladie génétique. Et il y avait d'autres anomalies. Il fallait trouver des donneuses d'ovules qui présentaient des caractéristiques génétiques très particulières. Sans parler simplement du groupe sanguin de l'homme. C'était du sang AB-. Le plus rare. Il fallait donc que les donneuses aient certains gènes assez rares, qui permettent notamment de neutraliser l'anomalie génétique du matériel mâle, et que leur rhésus soit également compatible… »

« Bein voyons… »

« Et ce n'est pas tout », continua Kew. « Le prince a insisté pour que les filles soient vierges. »

Marylin sentit cette fois un frisson remonter le long de sa colonne vertébrale. De sa main gauche, elle fouilla dans la poche de son pantalon et en sortit son téléphone portable. Elle fit défiler les photos une à une. Jusqu'à ce qu'elle tombe sur un cliché qu'elle avait pris chez ce bon vieux docteur Maxwell. Elle plaça l'écran du portable devant les yeux de Kew.

« Est-ce que tu comprends quelque-chose à ça ? »

Kew passa quelques instants à regarder la photo.

« Oui… Ce sont les analyses génétiques que j'ai demandées. Où avez-vous eu ça ? »

Marylin attrapa Kew et le jeta à terre. Elle s'assit sur sa poitrine à califourchon, la lame de son couteau en céramique toujours posée sur sa carotide.

« C'est le dossier médical de ma nièce, espèce de pourriture. Une autre pourriture dans ton genre a pratiqué des examens sanguins sur elle. Et il a bien vérifié en effet qu'elle était toujours vierge ! Et après, tu sais quoi ? Ma nièce s'est fait enlever ! J'ai retrouvé sa trace au Moyen-Orient, dans le sillage du prince qui paie tes chèques. Alors maintenant, je vais te laisser une chance… une seule chance de t'en sortir vivant. Tu vas me dire tout ce que tu sais. Tout. Notamment tu vas me dire où tu conduis tes recherches, et où ils ont emmené ma nièce. Tu vas tout me dire. Je te promets que je te découperai en morceaux, en commençant par l'extrémité de tes orteils, si tu ne parles pas ! »

Pour la première fois, Kew put voit le visage de la femme qui le menaçait. Mais, dans la semi-pénombre de sa terrasse, il constata que ses traits n'avaient rien d'humain. Ses yeux brillaient d'un éclat métallique et glaçant. C'était comme si le diable s'était réincarné dans ce corps presque frêle. Un diable qui, il en était désormais certain, n'hésiterait pas à lui faire endurer les pires supplices.
« Je vais parler… Je vais tout vous dire », parvint-il à articuler.

Chapitre 6

Six mois plus tôt, à Berlin, Allemagne.

Marylin fut la première à reconnaitre l'homme alors qu'il sortait de son immeuble. Elle se trouvait à moins de cinquante mètres de l'entrée, assise derrière le volant de sa BMW de location.
« STARDUST à tout le dispositif, j'ai les yeux sur la cible. Je répète, *India* est en mouvement. »
Rapidement, les autres agents du dispositif de surveillance accusèrent réception. Marylin suivit l'homme alors qu'il s'éloignait sur le trottoir. Lorsqu'il eut dépassé la seconde intersection, elle cliqua à nouveau sur le commutateur de sa radio tactique.
« *India* est en mouvement ; dispositif de poursuite ? »
Une voix masculine répondit. « SNAKE, je suis en poursuite. *India* est sur *Arndtstrasse.* »
Marylin avait appris par cœur le plan du quartier. Elle jugea qu'il était temps de passer à l'action. *India*, de son vrai nom Ravi Salami, était réglé comme du papier à musique. Dans son secteur professionnel, c'était soit de l'inconscience, soit du génie. Mais connaissant le niveau des Pasdarans,

Marylin et l'équipe de la CIA avaient préféré retenir la seconde hypothèse. Les services iraniens étaient loin d'être manchots. Et les unités des Gardiens de la Révolution n'avaient rien à envier à la plupart des services occidentaux. Pour la CIA, Salami n'était pas un Pasdaran comme un autre. Il était l'équivalent du chef de station en Allemagne. Il travaillait sous couverture diplomatique, comme souvent. Mais la réalité de son travail était bien loin de « *premier attaché culturel auprès de l'ambassade de la République islamique d'Iran* ». L'homme était prudent, et les virtuoses de la NSA n'avaient rien pu trouver dans ses communications officielles. L'ambassade d'Iran disposait naturellement de systèmes de communication cryptés avec Téhéran, mais Marylin et ses collègues savaient qu'on ne pilotait pas un réseau d'informateurs et d'agents depuis une ambassade. Il fallait se coltiner avec le terrain. Rencontrer les sources. Les recruter.

L'appartement de *Riemanstrasse* devait être une *safe house* des Pasdarans. L'équipe du SOG l'avait mis sous surveillance depuis une semaine déjà, et les agents avaient pu constater que d'étranges rendez-vous s'y déroulaient. Langley leur avait donné l'autorisation de le sonoriser et avait envoyé une équipe de spécialistes, accompagnée d'une paire d'experts en pénétration clandestine. Marylin regarda sa montre. *India* était hors de portée. Elle pouvait donner le top départ.
« STARDUST à tout le dispositif. C'est un *go*. Je répète, c'est un *go*. »
Immédiatement, deux groupes de deux agents sortirent d'autant de véhicules garés aux alentours et convergèrent vers la porte de l'immeuble. Quelques secondes plus tard, ils avaient disparu à l'intérieur. Marylin savait qu'ils étaient des spécialistes de l'effraction discrète et de la dissimulation de micros et de caméras. Mais il ne fallait pas d'attendre à ce que les Pasdarans leur aient facilité la tâche.

Marylin regarda les aiguilles de la montre de sa voiture défiler. Cela faisait désormais dix minutes que l'équipe était entrée. C'était la première mission opérationnelle qu'elle pilotait depuis qu'elle avait rejoint le SOG, et le sang qui giclait dans ses temps à un rythme métronomique était là pour lui rappeler que « chef », c'était une vraie responsabilité.

« STARDUST à tous. *Sit-Rep*[13] ? »

« Nous avons bientôt fini la sono. Cinq minutes. »

Marylin se pinça la lèvre.

« Ok. Faites au mieux… »

Mais elle n'eut pas le temps d'ôter son doigt du commutateur de sa radio. Une autre voix se mit à résonner sur l'autre canal.

« SNAKE, *India* fait demi-tour. Il a fait demi-tour brusquement. Il revient sur ses pas à vive allure. Il est sur *Bergmanstrasse*… Il est sur *Bergmanstrasse* ! Bon sang, je pense qu'il revient vers la *safe house*. Je ne sais comment, mais soit il a été tuyauté, soit il a oublié un truc là-bas. »

Marylin écrasa son poing sur le volant de sa voiture.

« STARDUST à tous, vous pliez bagage. Je répète, vous pliez bagage ! »

« On a besoin de deux minutes encore », lui répondit l'un des agents de sonorisation.

Marylin soupira. En quelques instants, elle se remémora la carte du quartier.

« Où est *India* exactement ? »

« SNAKE, il vient de passer la concession automobile. »

Marylin fronça les sourcils. Ça devrait le faire.

« Deux minutes. Et après vous mettez les voiles. »

Avec une précision que n'aurait pas reniée un horloger suisse, Marylin put souffler en voyant l'équipe de sonorisation sortir de l'immeuble deux minutes plus tard.

Les deux hommes traversèrent rapidement la rue et retrouvèrent leur voiture de location. La jeune femme les vit redémarrer et prendre la route.

« Ici STARDUST, équipe 2, vous êtes où ? »

« SNAKE, *India* est sur *Solmstrasse*. »

« On sort », entendit Marylin sur le canal crypté. Au même instant, elle vit les deux derniers agents de l'équipe d'effraction qui émergèrent de l'immeuble. Elle sentit la pression retomber. Il était moins une.

« SNAKE, *India* est sur *Riemannstrasse*. Il est sur *Riemannstrasse*. Bordel ! Il se met à courir. Il se met à courir ! »

« Qu'est-ce que… ? »

Assise dans sa voiture, Marylin vit *India* passer sur le trottoir à côté de sa voiture en petite foulée. Il se dirigeait droit vers… l'équipe d'effraction, qui venait de traverser la rue pour retrouver leur propre voiture, garée à une centaine de mètres de là. Comment était-ce possible ? L'équipe d'effraction avait dû déclencher un dispositif de sécurité passive. La *safe house* iranienne était piégée ! Ils s'étaient fait avoir comme des bleus.

« STARDUST à tous, *India* est en poursuite ! *India* est en poursuite ! Il a une arme ! »

Marylin vit en effet l'Iranien sortir la main de sa veste et en ressortir avec un pistolet automatique, équipé d'un silencieux. En pleine rue, en plein jour, c'était à peine croyable. Mais à l'autre bout du pistolet, à moins de trente mètres de l'Iranien, les deux espions de l'équipe d'effraction étaient comme des canards à l'ouverture de la chasse. Marylin ne prit pas le temps de réfléchir. Elle démarra sa BMW et déboita de sa place de parking. Son pied droit écrasa la pédale d'accélérateur. *India* se trouvait au milieu de la rue. L'Iranien entendit la voiture qui surgissait derrière lui. Il eut le temps de se tourner et de presser la détente dans la direction de Marylin. La balle traversa le parebrise mais la manqua de dix centimètres. L'Iranien n'eut pas le temps de tirer une deuxième fois. Il fut percuté par la BMW à pleine vitesse et vola dans les airs, avant de retomber mollement sur le sol. Marylin écrasa la pédale de frein et mit la marche arrière. Elle s'arrêta à côté du corps, sauta à terre, moteur tournant, et se précipita sur *India*. Elle chercha un pouls. Aucun. Sa nuque faisait un drôle d'angle avec son dos. Il était mort. Elle le fouilla, trouva un téléphone portable. Cinq secondes plus tard, elle avait retrouvé le siège de sa BMW et la circulation de Berlin. Son parebrise arborait un magnifique trou de 9mm de diamètre, ce qui était rarement les dégâts causés par un cailloux. La jeune femme prit l'une des routes d'exfiltration qu'elle avait repérées et, trois minutes plus tard, elle garait sa BMW dans un garage loué par l'Agence.

Pour sa première mission comme chef de dispositif, c'était un fiasco mémorable. Une équipe technique compromise. Un mort. Elle avait réagi à l'instinct et préféré protéger ses hommes. Mais l'Iranien n'était pas un simple homme de main. Il était officiellement un diplomate. Et il était surtout le neveu du chef des Pasdarans. L'ambassade d'Iran aurait sans doute des difficultés à expliquer pourquoi on le retrouverait avec un pistolet équipé d'un silencieux à la main. Mais la tempête diplomatique qui allait suivre serait terrible…

*   *   *

Six mois plus tard, au-dessus de la Méditerranée, à bord du vol Emirates Londres / Mascate…

Marylin remercia l'hôtesse qui débarrassa son plateau. Par réflexe, elle jeta un coup d'œil en coin au docteur Kew, qui était assis à trois rangées devant elle. L'homme paraissait toujours aussi nerveux. Et elle pouvait le comprendre. Marylin avait enregistré sa confession complète et Kew avait compris que la vidéo ferait le tour du monde et deviendrait virale s'il ne coopérait pas avec zèle.

Marylin attrapa son téléphone et mit les écouteurs dans ses oreilles. La vidéo de Kew durait une vingtaine de minutes. Cela avait suffi au Coréen pour vider son sac, avec un luxe de détails. Tout y était. Ses recherches sur le génome humain. Ses projets avortés, en Corée, de manipulation d'embryons humains. Sa rencontre inattendue avec le prince saoudien, qui lui avait proposé de financer un laboratoire flambant neuf afin qu'il puisse poursuivre ses recherches. Kew avait accepté immédiatement. Peut-être aurait-il dû y réfléchir à deux fois ? Il avait promis au prince qu'il pourrait reconstituer un gamète à partir de matériel génétique. Pour le monde entier, une telle prouesse était impossible, dans l'état des connaissances actuelles. Mais Kew avait été convaincant. Et il avait vite réalisé que le prince n'attendait, pour sa part, que d'être convaincu. Tout s'était enchaîné, alors. Et Kew n'avait pas pu faire machine arrière.

Sur l'écran de son portable, le visage rond du Coréen apparaissait en gros plan. Marylin fit défiler la confession, jusqu'au moment qu'elle souhaitait réécouter.

« Il y avait beaucoup de sang séché sur le linge... J'ai pu prélever un échantillon. Mais l'analyse génétique s'est avérée difficile sur l'ADN mitochondrial, car les liaisons de plusieurs nucléotides s'étaient rompues. C'est comme ça que j'ai pu rapidement estimer l'âge de l'échantillon à 1 500 ans au moins, et peut-être plus... L'ADN se dégrade avec le temps... Sa demi-vie est de l'ordre d'un demi-millénaire... Ce qui veut dire qu'au bout de 500 ans, la

moitié des liaisons nucléotidiques se sont rompues... Ce n'est pas une règle exacte bien sûr. On peut parler de 300 ans comme de 700, dans certains cas. Mais le matériel génétique était toujours exploitable, au moins en partie. Il avait sans doute été conservé dans un endroit sec et frais, à la température constante... J'ai pensé que le matériel génétique restant pouvait encore être exploité, car par chance, la plupart des gènes importants se trouvaient à peu près intacts... »

Marylin passa encore en accéléré, puis reprit le cours de la confession.

« L'échantillon génétique a permis de repérer plusieurs anomalies... Des gènes défectueux, si j'ose dire... L'homme était porteur de plusieurs maladies génétiques... Porteur sain, sans doute... Le sang portait notamment le gène d'une forme de Drépanocytose... c'est une maladie résultant d'une mutation sur le gène codant l'hémoglobine, qui peut entraîner des conséquences graves et mortelles pour l'enfant... La maladie est déclarée si l'enfant est porteur de deux allèles anormaux du gène HBB, hérité des deux parents... Le gène se trouve sur le chromosome 11... Cette anomalie est répandue, notamment au Moyen-Orient... Mais le sang contenait deux autres anomalies génétiques, notamment un déficit en MCAD, qui peut entraîner une mort subite du nourrisson... La maladie empêche la production d'une enzyme capable de dégrader certains acides gras... Il se trouve sur le chromosome 1... C'est un gène récessif, ce qui veut dire qu'il faut que les deux parents l'aient pour que l'enfant soit contaminé... Et l'homme qui avait perdu son sang était aussi atteint d'une Bêta thalassémie... C'est la maladie génétique la plus répandue au monde, avec sans doute 300 millions de porteurs... Un gène de la globine bêta a muté... Le gène bêta est aussi sur le chromosome 11... »

Marylin l'avait écouté lui faire son cours de génétique sans l'interrompre, puis elle lui avait posé des questions simples.

« Quelle était la probabilité qu'une fille prise au hasard soit atteinte de l'une ou l'autre de ces maladies génétiques ? »

« Difficile à dire », avait répondu Kew. *« La bêta thalassémie est la plus répandue, avec 5% de prévalence environ ; la MCAD est plus rare, avec un cas sur 10 000 sur le continent américain, je dirais ; du même ordre de grandeur pour la Drépanocytose. Si on ajoute les trois, on tombe sans doute sur une personne sur quatre ou cinq qui aurait l'une ou l'autre de ces anomalies génétiques. Il faut ajouter à cela le rhésus sanguin AB-... »*

« ...et l'obsession de la virginité, c'est ça ? », répliqua Marylin. *« Donc le prince cherchait en fait un profil génétique assez rare ? Et encore plus rare si l'on se limitait à des filles pubères mais vierges ? »*

« C'est ça », avoua piteusement Kew. Le Coréen avait réalisé l'horreur du projet sur lequel il avait travaillé. Il n'avait jamais demandé au prince d'où venaient les filles. Il avait toujours cru qu'elles s'étaient portées volontaires. Marylin lui avait donné une gifle, à cet instant.

« Comment avez-vous pu être assez naïf ou assez bête pour croire une chose pareille ? Des jeunes filles. 15 ans ! 15 ans, abruti ! Comment peut-on se porter volontaire pour une telle expérience digne de Frankenstein à 15 ans ! Des filles vierges qui accepteraient de se faire prélever des ovules et inséminer un embryon conçu in vitro *! »*

Kew s'était décomposé. Mais ses remords étaient trop tardifs pour apparaître totalement sincères. À ce niveau, la naïveté était toute aussi coupable que la complicité active. Kew avait pensé jouer à Dieu. Il avait trouvé un mécène qui l'avait couvert d'or, en sus de lui financer ses recherches terrifiantes. Et jamais il ne se serait interrogé sur les implications éthiques et morales ? Marylin avait dû se contrôler pour ne pas lui taper dessus, à cet instant. Son couteau en céramique à la main, ses doigts l'avaient démangée. Mais elle s'était retenue. Car Kew pouvait encore lui servir. Il savait où se trouvait la clinique. Et il pouvait l'aider à y pénétrer. C'était une chance inespérée de retrouver Jenny avant qu'elle ne finisse comme la pauvre fille qu'elle avait vue sur le yacht. Réduite en esclavage sexuel, parce que l'expérience du bon docteur Kew n'aurait pas marché. En fait, c'était sans doute sa seule chance de retrouver Jenny.

*   *   *

Marylin n'avait aucun moyen de le savoir, mais par une certaine coïncidence, un autre avion croisait à quelques centaines de miles de l'Airbus A340 d'*Emirates*, à cet instant même. Le *Gulfstream* G700 du prince volait beaucoup plus haut que le gros porteur, à plus de 45 000 pieds. Les jets privés étaient les vrais maîtres des airs, et ils dominaient la plèbe qui devait se contenter de croiser à une trentaine de milliers de pieds. Mais le prince se fichait de dominer le monde. Il n'avait pas jeté un seul regard à l'écran qui retransmettait les informations du vol. Le *Gulfstream* avait redécollé de Nice trois heures plus tôt et devrait atterrir à Dubaï juste avant la tombée du jour.

C'était peu de dire que Kew ne l'avait pas convaincu. Mais le Coréen était resté catégorique : il serait bientôt en mesure de transférer le matériel génétique dans un gamète mâle synthétique, et de féconder un ovule. Les analyses se poursuivaient sur les « donneuses ». Ils ne pouvaient pas se permettre un autre fiasco. Il était impératif que l'insémination fonctionne. Par construction, chaque fille ne

122

pouvait être inséminée qu'une seule fois, avant de perdre définitivement sa virginité. Cet abruti de Kew n'avait pas compris pourquoi le prince avait insisté pour que les donneuses soient encore pures. Ce n'était pas une exigence scientifique, pour le Coréen. Quel imbécile ? Évidemment, cela n'avait rien de scientifique. Mais comment aurait-il pu comprendre les enjeux ? Le prince ferma les yeux. Lui seul avait pu voir au travers du brouillard. Lui seul avait pu assembler les pièces du puzzle. Et avoir l'illumination. Tout paraissait si clair. Si limpide. Si évident. Comment Kew aurait-il pu comprendre ? Comment auraient-*ils* pu comprendre, *tous* ? Pour Kew, comme pour les autres, ne comptaient que les gènes, les analyses. Depuis que le projet avait commencé, le prince était presque devenu un expert en génétique. Kew l'avait tellement gonflé avec ses cours de génétique qu'il aurait presque été capable d'écrire une thèse dessus ! Mais tous ces imbéciles n'étaient que des pions sur l'échiquier. Des pions essentiels. Mais des pions quand même, dont il pourrait se débarrasser sans remords lorsque l'enfant sera né. Y compris ceux qui pensaient lui donner des ordres, à lui.

« Est-ce que vous voulez déjeuner ? », demanda l'hôtesse.
Le prince la dévisagea. Elle était une habituée. Et elle savait que son travail comprenait quelques extras, parfois. La jeune femme avait une vingtaine d'années, et elle avait revêtu l'uniforme exigé de la compagnie : jupe courte, chemisier largement cintré et talons. Le prince lui fit signe d'approcher. La jeune hôtesse s'exécuta. Elle ne broncha pas lorsque la main du prince se posa sur sa cuisse et remonta sous sa jupe. Le prince constata toutefois que le sourire sur son visage s'était figé et était largement surjoué. Mais il s'en fichait. Il retira sa main. Il n'était pas d'humeur, en fait. Trop de choses se télescopaient dans son esprit. Trop de pression pesait sur ses épaules. Trop

d'espoirs, jusque-là déçus. Il avait bien d'autres choses en tête que les plaisirs de la chair.

« Plus tard », lâcha-t-il sur un ton cassant. L'hôtesse inclina la tête et disparut à l'avant de l'appareil, laissant le prince seul avec ses pensées. L'hôtesse n'était pas mécontente, malgré tout. Chaque relation sexuelle qu'on lui imposait était grassement payée. Mais elles étaient comme autant de souillures dont elle ne parviendrait jamais à se débarrasser totalement. Le prince l'avait regardée comme un morceau de viande. Il l'avait totalement déshumanisée. Comment pouvait-on traiter une femme ainsi, se demanda-t-elle ? Mais elle savait aussi que se poser la question, c'était déjà y répondre. Son corollaire était évident. Comment pouvait-elle se *laisser* traiter ainsi ? À cause de l'argent, bien entendu. Trop souvent, tant de compromissions s'expliquaient par l'argent. L'hôtesse se surprit à s'interroger sur ce qui pouvait se passer dans la tête du prince. Mais elle n'aurait certainement pas pu imaginer que le Saoudien pensait à une *peinture*, à cet instant.

Qu'avait-il ressenti la première fois qu'il avait pu toucher l'œuvre ? Le prince l'avait oublié, depuis toutes ces années. Tant de choses s'étaient passées. Un mélange de fascination et d'angoisse, sans doute. Un vertige, peut-être. Son propre maître, le prince héritier, l'avait à peine regardée. Il venait de débourser 450 millions de dollars, mais pour lui, le *Salvator Mundi* n'était rien de plus qu'un artefact, destiné à renforcer le prestige de la maison qu'il s'apprêtait à diriger. Son intendant l'avait convaincu de signer le chèque, et de surenchérir autant qu'il sera nécessaire de le faire. 450 millions de dollars ! L'intendant avait tremblé, lorsque le marteau du Commissaire-priseur était tombé. Tremblé devant l'énormité de la somme, qu'il devrait quand même justifier. Et tremblé devant ce message que Leonard avait caché sur la toile. Ce message qui pouvait, au bout de toutes ces années, avoir complètement disparu, effacé par les affres du temps, ou à cause de la maladresse des hommes. L'œuvre avait été totalement restaurée, une quinzaine d'années plus tôt. Elle avait été passée aux rayons X, scrutée sous des lampes infrarouges. Mais jamais elle n'avait trahi son secret. Pourquoi ? Ce secret existait-il vraiment ? Le *Codex Atlanticus* de Leonard disait-il vrai ? Le *Salvator Mundi* était-il la seconde clé ? Ses experts avaient décortiqué le tableau. Ils l'avaient étudié millimètre carré par millimètre carré, en utilisant tous les instruments optiques imaginables. Chaque couche de peinture avait été analysée. Chaque pixel reconstitué par ordinateur, et les intelligences artificielles les plus performantes avaient été utilisées pour combiner chaque pixel, afin d'extraire un message, un dessin, un sens caché.

De son vivant, Leonard était passé maître dans une science occulte que l'on connaissait désormais sous le terme de stéganographie. Il s'agissait de l'art de cacher un message au cœur d'une image ou d'un dessin. Avant l'invention de l'informatique ou des caméras multi spectrales, la façon la plus simple de dissimuler une information sur une toile était de la gratter, puis de la recouvrir d'une autre couche de peinture. Leonard était devenu maître en la matière. Mais ses œuvres étaient aussi pleines d'essais purement artistiques, d'esquisses corrigées pour des raisons esthétiques. Comme la plupart des plus grands maîtres de la peinture, Leonard ne produisait jamais de brouillon. Il se jetait directement sur la toile – le support en bois, en réalité – et corrigeait à même l'œuvre les erreurs qu'il pouvait faire. C'est ainsi qu'il fallut fouiller parmi les multiples couches de peinture, en tentant de discerner le message qui était noyé dans le maelstrom génial du maître.

Et, au bout d'un an, alors que le prince était prêt à abandonner, ses experts avaient trouvé. La clé se trouvait là où elle se devait. Où d'autre aurait-elle pu être, à la réflexion ? Le globe que le Christ tenait dans sa main gauche était la clé. L'effet de transparence était, artistiquement, un chef d'œuvre au cœur d'un autre chef d'œuvre. Pour les experts, cet art des *Pentimenti* était d'ailleurs ce qui les avait convaincus de l'authenticité de la peinture. Seul Leonard maitrisait cette technique, au sein de son atelier. Et seul Leonard de Vinci avait pu dissimuler un message dans les reflets et bulles du globe. Un message codé dont la clé se trouvait dans ces quelques pages du *Codex Atlanticus* que le prince avait pu acquérir. Le reste – et l'essentiel – du *Codex* se trouvait à la bibliothèque Ambroisienne de Milan. Mais une vingtaine de pages écrites de la main du maître, vers la fin du 15ème siècle, s'étaient vues séparées du reste de l'œuvre magistrale de 1 100 pages.

La suite n'avait été en comparaison qu'un jeu d'enfants. Les équipes du prince avaient retrouvé la crypte où le prêtre avait été enterré, non loin de la dernière demeure de Leonard, au clos-Lucé, en France. Ce prêtre qui, si loin de l'Europe, avait fait une découverte extraordinaire. Une tombe, close depuis près de 15 siècles. Et dans cette tombe, une relique, dont la portée pouvait secouer toute la Chrétienté, si elle était authentique. C'était tout du moins ce qu'avait noté Leonard, de son écriture mystérieuse. Il avait tout codé. Tout crypté. Son message n'avait pas été rédigé pour Louis XII, pour qui il avait peint le *Salvator Mundi* ; il n'avait pas même été rédigé pour François Ier qui, plusieurs années plus tard, lui offrirait les moyens de « rêver, de penser, de travailler ». Non, le Saoudien était convaincu que ce message avait été tel une bouteille à la mer, destiné aux hommes d'un futur bien plus lointain ; aux hommes d'une civilisation supérieure, qui seraient capables à la fois de décrypter ses mystères, mais aussi d'en faire le meilleur usage. L'ironie était palpable. Le maître italien n'avait pas jugé l'Église digne de recevoir la relique, à l'époque. Mais cinq cents ans plus tard, c'était l'un des gardiens des lieux saints d'une autre religion qui était tombé dessus. Le linge taché de sang avait été glissé entre les mains de la dépouille du prêtre par Leonard lui-même, lorsque ce dernier avait expiré. Cinq cents ans plus tard, le linge était toujours là, lorsque les hommes du prince avaient ouvert la tombe. Soigneusement protégé par Leonard, afin de lui faire passer l'épreuve du temps.

*   *   *

Pour une fois, Marylin avait voyagé en classe affaires et elle dut reconnaître que les sièges totalement inclinables, les plats recherchés et la carte des vins, tout cela avait du bon. Bien sûr, c'est Kew qui avait réglé la note, sans trop rechigner. Mais avait-il eu le choix ? La paire sortit de l'avion côte à côte. Autre bénéfice de ces billets hors de prix, ils n'eurent pas à faire la queue au contrôle des passeports. Une ligne spéciale permettait aux « *happy few* » friqués de ne pas perdre un temps précieux au milieu des quidams. Vingt minutes à peine après que leur Airbus A340 ait posé ses roues sur l'aéroport de Mascate, Marylin et Kew se trouvaient à l'arrière d'un taxi.
« Où allez-vous ? », leur demanda le chauffeur de taxi.
« Hôtel Kempinski », répondit Kew. Il avait réservé deux suites à son hôtel favori.
Mais Marylin lui jeta un regard sombre. « Non. On va d'abord faire un crochet », lâcha-t-elle.
Dans le rétroviseur, elle croisa le regard du chauffeur de taxi, perplexe. Pour lui, les femmes ne contredisaient pas les hommes. Mais il vit que l'homme assis à l'arrière plongeait son regard vers le plancher. Et il lut dans le regard de la fille

un message particulièrement clair : fais ce que je te dis, et tu
n'auras pas d'ennuis.

« Al Qurm street », ajouta Marylin.

Le chauffeur acquiesça. Marylin ouvrit sa vitre et avala une
goulée d'air frais. Passer d'une climatisation à une autre
n'était pas bon pour la santé, ni pour les poumons. Elle avait
besoin de s'aérer. Besoin de respirer. Elle sentait un poids
croissant peser sur sa poitrine. Un poids qui l'oppressait.
Elle était lucide, et elle savait d'où venait ce poids. La vie
de sa nièce ne tenait plus que par quelques fils, qu'elle
luttait pour maintenir intacts. Au cours de sa vie, elle avait
déjà participé à des opérations où les enjeux étaient bien
plus lourds, où bien plus de vies étaient à risque. Elle avait
vu des collègues, des frères d'armes, des *amis* tomber au
combat. Elle connaissait intimement le goût du sang. Celui
des larmes, aussi. Pour elle, la guerre n'était pas un concept.
Elle avait combattu, sur les champs de bataille les plus
infâmes, contre les ennemis les plus vils. Malgré ses
cinquante kilos, tout habillée, et sa silhouette fluette, elle
avait déjà tué. Sans hésitation. Sans remords. Mais jamais
sans cauchemars. Les cauchemars arrivaient toujours, après.
Inéluctablement. Elle revoyait les visages de ceux dont elle
avait ôté la vie. Et les visages de ses amis, ou des innocents,
victimes du terrorisme ou de guerres qui les dépassaient. Il
y avait plusieurs formes de syndromes post traumatiques.
Les forces armées avaient appris à traiter les symptômes les
plus lourds, à accompagner les soldats les plus durement
éprouvés. Marylin avait cru qu'elle y échapperait. Son
cynisme, sa violence intérieure, son goût de l'aventure : cela
devait la protéger contre les affres du métier qu'elle avait
choisi. Elle s'était trompée. Toutes ces années, elle n'avait
tenu que parce qu'un feu continuait à brûler au fond de sa
poitrine. Un brasier incandescent. Elle n'avait jamais réussi
à mettre de mots dessus. Était-ce sa haine de l'injustice ?
Était-ce simplement ce qu'on appelait le patriotisme ? Ou

était-ce autre chose ? Mais quoi qu'il en soit, jamais elle n'avait ressenti un tel vide, une telle colère en elle. Car cette fois, l'innocence sur laquelle les griffes de l'ignominie s'étaient abattues avait un visage, pour elle. Celui de Jenny.

Au bout de quelques minutes à humer l'air marin – ainsi que les gaz d'échappement – elle referma la vitre. Puis attrapa son téléphone. Elle trouva le numéro qu'elle cherchait dans l'annuaire. À la troisième sonnerie, une voix masculine lui répondit.
« Allo ? »
« Teddy, c'est STARDUST. Nous sommes à dix minutes de chez toi. J'espère que tu y es. On est en chemin. »
Il y eut un blanc de quelques secondes, puis la voix lui répondit.
« Je suis au club. Je te retrouve chez moi dans vingt minutes. »
Et la ligne devint muette.

Chapitre 7

Teddy tint parole. Marylin avait demandé au taxi de s'arrêter à quelques centaines de mètres de sa maison. C'était une vieille habitude professionnelle. Les taxis parlaient. Mieux valait qu'ils en sachent le moins possible. Elle avait alors attrapé le Coréen et ils avaient fini à pied, sous le soleil. Elle venait à peine d'arriver dans l'allée qu'une silhouette familière apparut devant la porte d'une maison coquette perdue au milieu d'un lotissement résidentiel de Mascate. Elle poussa le Coréen sans ménagement vers la maison.

« Tu ne m'as pas dit qu'on serait trois ? », lui lança Teddy, l'œil pétillant.

Marylin lui donna un coup dans les côtes en passant et s'engouffra directement dans la maison.

« Faut en effet qu'on parle », lui répondit-elle simplement.

Teddy – Theodore McGrail, de son véritable nom – mesurait presque un mètre quatre-vingts. Il avait toujours paru plus jeune que son âge exact, que Marylin n'avait jamais connu. Ses cheveux étaient toujours de ce même blond presque doré qui rendait les femmes horriblement jalouses. Ses yeux étaient gris-verts et rieurs. Mais à y regarder de plus près, il y avait autre chose qui brillait dans ces yeux. Une lueur qu'un observateur candide aurait qualifié d'espiègle. Mais Marylin savait que le qualificatif n'était pas nécessairement le plus approprié pour un tueur.

« Tu n'as pas changé », lui dit Marylin en s'affalant dans le canapé du salon. Elle avait expédié Kew dans une autre pièce, histoire d'avoir un peu de paix. À la grande surprise de Teddy, le Coréen avait obéi sans demander son reste.

« Toi non plus, tu n'as pas changé », répondit-il. « C'est qui, celui-là ? »

Marylin haussa les épaules. « Un actif que j'ai réussi à convaincre de coopérer. »

« Un actif, hein ? Tu es de retour sur le terrain ? J'ai cru comprendre que tu étais en délicatesse avec le 7ème étage[14] ? », demanda Teddy sur un ton faussement badin.

Marylin fronça légèrement les sourcils. « Je vois que les nouvelles vont vite », maugréa-t-elle. « Tu n'étais pas censé avoir pris ta retraite ? »

Teddy esquissa un sourire entendu. « Tu sais comment ça marche. Il m'arrive de rendre service, de temps en temps… »

« Pour être honnête, non, je ne sais pas encore comment marche la retraite. Mais c'est pour tes services que je suis là », admit Marylin. « Je vais jouer franc-jeu avec toi. Je ne suis pas là avec l'Agence. Langley ne sait pas que je suis à Oman. Pour eux, je suis en vacances… Non, j'ai un souci d'ordre… comment dire… personnel… »

Teddy se cala contre le dossier de son fauteuil et croisa les bras sur sa poitrine. Sur son biceps droit, on pouvait apercevoir un tatouage discret qui dépassait légèrement de la manche de sa chemisette. Marylin savait d'où venait ce tatouage. Teddy était un ancien *Navy SEAL* de la côte Ouest. Après une dizaine d'années à écumer les terrains les plus hostiles, et après un échec aux sélections du DEVGRU, il avait rejoint la branche clandestine de la CIA. Marylin l'avait croisé à plusieurs reprises au Moyen-Orient. Teddy était un plongeur émérite, qui en aurait remontré à bien des opérateurs du DEVGRU. Il en avait d'ailleurs fait son métier, désormais. Il avait ouvert une école de plongée à Mascate, qui faisait le bonheur des touristes… et parfois des clandestins du SOG. On ne se refaisait pas.

« Si tu ne veux pas m'en parler, je ne te poserai pas de questions. Tu le sais », dit Teddy.

Marylin soupira. C'était l'avantage de parler à un professionnel. Teddy avait baigné pendant l'essentiel de sa vie dans le monde clandestin. Il en connaissait tous les rouages. Et, pour un espion, il acceptait paradoxalement de ne pas tout savoir. Chacun avait le droit de cultiver un jardin secret. Langley n'avait pas toujours été de cet avis, et les agents devaient parfois se soumettre à des séries de polygraphes, au cours desquels les services de contre-espionnage de l'Agence les cuisinaient. Mais chacun devait conserver un coin privilégié. Une échappatoire. C'était vital, lorsqu'on naviguait dans les eaux troubles et souvent scabreuses du monde clandestin.

« Ma nièce a été enlevée », dit Marylin, après quelques secondes de silence. « Elle a quinze ans. Et tout me laisse penser qu'elle est retenue dans une clinique qui se trouve à côté de *Sour*, sur la côte. »

Le visage de Teddy resta impavide, mais Marylin vit la couleur de ses yeux changer. Se rembrunir imperceptiblement.

« Oui, je connais le coin. Il y a des spots de plongée par là-bas. Enlevée, dis-tu ? Je ne sais pas quoi dire… Comment est-ce que je peux t'aider ? »

« J'ai besoin de matériel. Et je ne dirais pas non à une assistance technique. Je ne connais pas la région. Oman n'était pas ma zone de déploiement principale, dans le passé. »

« Tout ce que tu veux, miss », répondit immédiatement Teddy. « Quel genre de matériel ? »
« Le genre que je n'ai pas pu emporter en avion », dit la jeune femme.

Dix minutes plus tard, Teddy lui avait fait visiter la maison. Il vivait seul à Mascate, après un divorce difficile. Marylin savait que Teddy avait un fils, qui avait une vingtaine d'années, et qui vivait aux États-Unis avec son ex-femme. Il parlait peu de lui-même et de sa famille et, à la CIA, chacun respectait la pudeur des autres. Sa maison était confortable, sans être luxueuse. Construite sur deux étages, elle se poursuivait par un petit jardin où une minuscule piscine avait été creusée, où il devait avoir de l'eau jusqu'à la taille, tout au plus. C'était presque comique que Teddy ait fait installer une telle pataugeoire, lorsqu'on connaissait son pédigrée comme plongeur. Au sous-sol, ils passèrent dans une petite pièce organisée en bureau, puis Teddy la guida vers une remise. Du matériel de plongée s'entassait du sol au plafond. Combinaisons, palmes, bouteilles vides, détendeurs. Il y avait de quoi remplir un magasin entier. Teddy s'approcha d'une armoire et passa sa main derrière un rayonnage métallique. Au bout de quelques secondes, Marylin entendit un petit cliquetis et Teddy tira l'armoire, qui pivota autour de gonds cachés.
« Un petit peu théâtral », jugea Marylin, alors que Teddy ouvrait sa remise secrète. « Je dois t'appeler James Bond, désormais ? »
L'ancien espion esquissa un sourire complice, puis appuya sur un interrupteur et des spots au plafond éclairèrent la pièce cachée.
« Ça te suffira ? S'il te manque quelque-chose, je peux m'arranger », dit Teddy.
« Eh bien ! On se croirait à l'armurerie de Dam Neck[15] ! », lâcha Marylin.

Sur des racks métalliques, une dizaine d'armes longues étaient sagement entreposées. À côté, il y avait plusieurs pistolets mitrailleurs, ainsi que des armes de poing de calibres divers.

« Rappelle-moi : quel genre d'école de plongée tu diriges à Oman ? »

Teddy éclata de rire. « Je fais aussi un peu de pêche. Les eaux du Golfe sont très poissonneuses. »

« J'imagine », répondit Marylin alors qu'elle prenait un Heckler & Koch MP7 sur le râtelier. Elle tira le levier d'armement et vérifia la chambre, impeccable et parfaitement huilée. « Et le 4,6x30mm[16], ça marche bien pour la pêche ? »

« Si c'est ta question, je pêche à tous les calibres. »

Marylin reposa le MP7 et se tourna vers Teddy, le visage soudain grave. « Teddy, je ne vais pas te mentir. Si Jenny est là-bas, je ne sais pas si j'arriverai à la sortir sans recourir à la force. Je n'ai pas envie de t'impliquer là-dedans. J'assumerai mes actes. Mais je ne veux pas que tu les assumes à ma place. »

« Ce choix est le mien, miss », lui rappela immédiatement Teddy.

« Est-ce que ces armes sont propres ? »

Teddy acquiesça. « Numéros de série effacés au laser. Procédure standard. Aucune trace avec la maison. Pareil pour les munitions. »

« Matériel de communication ? »

Teddy inclina la tête et ouvrit un tiroir. À l'intérieur, il y avait des radios portatives HF et VHF cryptées, ainsi que des micros-cravates et des oreillettes.

« Parfait. Lunettes de vision nocturne ? »

Un autre tiroir et Marylin put trouver des dispositifs anciens, mais le matériel était de qualité.

« Je n'ai pas les derniers joujoux que vous utilisiez au DEVGRU, mais les lunettes marchent bien. Je les teste régulièrement. »

« Des charges de franchissement ? »

Teddy fit une grimace. « Là, il va te falloir rester modeste. J'ai quelques pains de C4. Mais pas de charges profilées. J'ai aussi une poignée de grenades offensives et des *flashbangs*. »

« Je me débrouillerai avec ça », souffla Marylin.

« Et ton ami le Chinois, c'est quoi son rôle dans cette affaire ? Ton *actif*, comme tu disais ? », lui demanda Teddy. La question l'avait taraudé depuis que Marylin était apparue avec lui. L'homme ressemblait à tout, sauf à un agent recruté par l'Agence.

Marylin fronça les sourcils. « Il n'est pas Chinois. Il est Coréen. Et pour répondre à ta question, dans cette pièce sordide, il joue le rôle du fils de pute de service », dit la jeune femme. Mais elle constata que la réponse ne suffirait pas à l'ancien espion.

« Cette crevure a embobiné un prince Saoudien. Il lui a fait gober qu'il pouvait extraire le matériel génétique de l'ADN mitochondrial de cellules quelconques, et créer un clone d'un individu. Il a besoin pour cela de donneuses d'ovules… De donneuses non volontaires, si tu vois ce que je veux dire. »

« D'où ta nièce ? »

Marylin acquiesça.

« Tu le crois ? »

« Que veux-tu dire par là ? »

« Tu crois qu'il peut réaliser ce que tu as dit ? Créer un clone viable à partir d'une cellule ? »

« Je n'en sais fichtre rien », lâcha la jeune femme. « Mais apparemment, la perspective a dû plaire à son sponsor, qui lui a sorti un échantillon de sang préhistorique et lui a signé un chèque pour près de 100 millions de dollars au total. »

« Jolie somme », admit Teddy. « Personne ne paie autant d'argent pour le simple bonheur de faire progresser les sciences, Marylin. Un prince Saoudien, tu disais ? Quelqu'un de connu ? »

Marylin haussa les épaules. « Je ne sais pas quel est ton degré de familiarité avec la famille royale. Mais son boss est connu, si c'est ta question… Il est l'intendant du prince héritier. »

Teddy faillit s'étouffer. « Marylin, je ne veux pas jouer les rabat-joie, mais pourquoi n'appelles-tu pas Langley ? Tu as visiblement remué un tas de merde qui te dépasse, en taille et en puanteur… »

« Je sais, Teddy. C'est la raison pour laquelle je ne veux pas t'impliquer plus que nécessaire et te mettre dans la merde, justement. Je peux me débrouiller seule. »

« Langley ? », insista l'ancien agent du SOG.

Mais Marylin secoua la tête. « Tu sais comment fonctionne la maison. Le 7ème étage étouffera l'affaire. Je te rappelle que la première visite officielle du président a été à Ryad. Crois-tu que quelqu'un me croira ? Que le président enverra une équipe de *Navy SEALs* à la clinique, sur la simple foi des élucubrations d'une espionne déchue ? »

« On parle de l'enlèvement d'une Américaine, Marylin. »

« Teddy. Tu sais comment ça marche. Tant bien même me croirait-on, on trouvera toujours un cloporte pour donner un coup de fil en douce à Ryad, afin de se faire bien voir, et lorsque les autorités pointeront leur nez à la clinique, tout ce petit monde aura disparu. Et Jenny sera envoyée Dieu sait où. Non, Teddy. Nous sommes seuls, je te l'assure », grinça la jeune femme.

Teddy resta silencieux pendant quelques instants. « Est-ce que tu as appelé Tim ? »

« Tim ? », répéta Marylin, perplexe.

« Oui, Tim Blair. Tu es toujours avec lui ? »

Marylin ne put réprimer un éclat de rire nerveux. « Non, mais, y a-t-il une seule chose de ma vie que tu ne saches pas ? »

« C'est un petit monde, miss », lui rappela Teddy. « Les gens parlent... »

« Oui. Tout le monde sait que j'ai été viré du SOG. Et avec qui je couche aussi, apparemment... »

« Oui, tout le monde le sait. Est-ce que tu as appelé Tim ? » Marylin soupira. « Il est déployé dans je ne sais quel trou à rats, à l'autre bout du monde. Et je ne veux pas le mêler à ça. »

« Marylin... »

La jeune femme posa son index sur la poitrine de Teddy. Son visage s'était fermé. Il était devenu presque glacial. « Tu connais le terrain. Je n'ai pas envie que Tim ait autre chose en tête. La distraction tue, dans certains endroits. »

Teddy resta impavide. « Je sais, miss. Je suis passé par là, je te le rappelle. »

« Alors tu comprends pourquoi je dois agir seule. »

« Tu n'es pas seule », lui rappela-t-il. « Je suis avec toi. »

« Tu n'es pas obligé », lui répéta la jeune femme.

Teddy posa une main sur son épaule. « Je sais. Mais je suis avec toi quand même. »

Marylin inclina la tête. Que pouvait-elle répondre à cela ? Teddy était un professionnel. Il connaissait les risques.

« Qu'est-ce qu'on fait de ton Coréen ? On le laisse dans sa chambre où tu as un projet particulier pour lui ? »

« Non, il est indispensable. C'est lui qui peut nous faire entrer dans la clinique. Mon idée était de l'accompagner, d'entrer dans les locaux, de localiser Jenny, et de la faire sortir. »

« Ça parait simple, dit comme ça... », dit Teddy.

« Rassure-toi, je n'ai pas encore totalement perdu la raison... C'est la raison pour laquelle il me faut réaliser quelques *recce* sur place, afin de comprendre la topographie, les routes d'exfiltration. Faut-il prévoir de partir par la terre, par la mer ? Le bâtiment est-il isolé ? Quelles sont les ressources là-bas ? Nombre de gardes ? Leur équipement ? En combien de temps les autorités omaniennes seraient-elles sur place si ça commençait à tirer dans tous les sens ? Bref, la procédure habituelle. »

« Ton Coréen a pu te donner des informations sur l'intérieur de la clinique ? »

Marylin acquiesça. « Oui, je l'ai cuisiné. J'ai une idée de l'organisation des lieux, à l'intérieur. »

Elle sortit une liasse de papiers de sa poche, qu'elle tendit à Teddy.

« Voilà les schémas que j'ai pu dresser avec cet abruti. Tu vois un plan indicatif de la clinique. Les labos sont ici… Les chambres des filles sont par là… », indiqua-t-elle avec son doigt. « Il y aurait une demi-douzaine de gardes… Armes de poing et armes non létales… D'après sa description, ce sont des vigiles de supermarché et pas des mercenaires surentraînés. »

Teddy secoua la tête, visiblement perplexe. « D'après lui… Il a très bien pu te mener en bateau. »

Marylin soupira. « Tout est possible. Mais je le crois. Je lui ai dit que sa confession finirait sur YouTube s'il me la faisait à l'envers. »

« Et tu penses que la menace suffira ? »

« Je pense qu'il a compris que sa vie deviendrait plus précaire si le compte-rendu détaillé de ses exploits était rendu public… Sans compter que je lui ai également promis de lui trancher la gorge s'il essayait de jouer au plus malin, ou d'informer ses commanditaires… »

« Admettons… Comment procède-t-on, alors ? »

*　　*　　*

« Vous vouliez me voir ? », demanda l'homme de main.

Le prince acquiesça. Il était affalé sur le canapé panoramique de la suite royale où il avait ses habitudes, lorsqu'il était à Dubaï. Devant lui, sur la petite table basse en métal forgé, une tasse contenait un liquide ambré, à côté d'une théière en porcelaine ouvragée. L'homme de main savait qu'il y avait sans doute peu de thé dans la théière.

« Kew semble avoir compris le message. Il vient à Oman. Il va superviser lui-même la suite des travaux. »

L'homme de main inclina la tête en silence.

Le prince attrapa la tasse et but une gorgée. Aucune vapeur d'eau ne se dégageait du liquide, qui était visiblement à température ambiante.

« Je demeure perplexe sur Kew », continua le prince, le regard fixé sur l'étendue bleue du Golfe Persique qui était visible depuis les vitres de la suite. « Je suis à deux doigts de perdre totalement la confiance que j'avais mise en lui. »

« Y a-t-il quoi que ce soit que je puisse faire pour vous aider à rétablir cette confiance ? », demanda l'homme de main, qui avait compris où le prince voulait en venir.

« Sans doute », admit le Saoudien. « À la réflexion, je pense avoir été trop aimable avec lui. Vous pourriez lui rappeler de façon plus claire que notre patience n'est pas illimitée. Et qu'il serait opportun qu'il délivre ce qu'il a promis… Le plus rapidement possible… Notre dernier entretien était par trop cordial. Peut-être pas assez clair. Il faut s'assurer qu'il a bien compris le message. »

L'homme de main acquiesça. « Je peux aller lui rendre visite, certainement, et lui retransmettre votre message. D'une façon qui ne lui laisse aucun doute. »

« Parfait », répondit le prince. « Faisons ça, en effet. Rendez-vous sur place et assurez-vous que les choses sont claires dans sa tête. »

L'homme de main inclina respectueusement la tête et s'effaça de la suite.

Le prince avala une nouvelle gorgée de Whisky. Mais une fois la brûlure passée, seul lui resta un arrière-goût de cendre dans la bouche. Bien loin des saveurs subtiles d'une telle liqueur. Il reposa la tasse et se leva. Des dizaines de voiles blanches glissaient à l'horizon sur les eaux du Golfe. Une régate, se dit-il. Les choses se passaient différemment, dans les Émirats. Le pays n'était pas aussi sclérosé que l'Arabie Saoudite. La société pouvait y respirer, sans que des oulémas n'imposent des normes rétrogrades. Le prince n'avait que dix ans lorsque les cinémas furent interdits, à Ryad. C'était la dernière lubie des religieux, qui avait obtenu un nouveau tour de vis sociétal en échange de leur fatwa, censée justifier de façon religieuse la participation du Royaume à la coalition menée par les États-Unis, après le 11 septembre. Et cela n'avait été que le début d'une nouvelle série d'interdits. La revanche des religieux contre les Saoud, à chaque fois que ces derniers faisaient appels à eux pour faire passer une pilule au peuple. Quel avenir pouvait-il exister pour ce pays ? Sa rente pétrolière s'épuiserait, un jour. Et qu'y aurait-il, ensuite ? Le prince était bien placé pour savoir que les projets grandioses de transition vers les hautes technologies n'étaient que du flan. Le pays ne disposait pas d'une infrastructure de recherche ou d'éducation supérieure digne de ce nom. Les étudiants apprenaient par cœur le Coran, et pas les travaux d'Einstein. Le prince héritier avait commencé à introduire des réformes. Mais les conservatismes étaient puissants. Trop puissants. Les observateurs internationaux n'avaient jamais compris son pays. Ses équilibres précaires. Les pouvoirs réels de ses dirigeants. Celui, occulte, et bien plus pernicieux, des oulémas.

Le prince aspira les images du Golfe qui s'étendait à ses pieds. Du 25ème étage du Burj al Arab, il pouvait presque se croire le maître de cette mer intérieure. Et sans doute devrait-il l'être ? Pas *intuitu personae*, bien sûr. Il n'avait pas cette ambition pour lui-même. Mais son pays était le plus grand et le plus puissant de la région. N'avait-il pas vocation à en diriger les destinées, au moment même où d'autres empires émergeaient, ou se réveillaient, à travers le monde. La civilisation islamique avait sombré à partir du 17ème siècle, au moment même où l'Occident entamait son irrésistible ascension. L'Empire Ottoman avait disparu et qui pouvait croire que la Turquie moderne en serait l'héritier ? À l'Est, au-delà des eaux du Golfe, un autre colosse s'ébrouait. L'Iran se voyait un rôle historique, depuis 1979. Mais comment pouvait-on imaginer le monde islamique dirigé par des hérétiques chiites, se demanda le prince ? Non. Seul son pays pouvait fédérer l'ensemble des croyants. N'hébergeait-il pas les lieux saints de l'Islam ? La Mecque et Médine. Mais paradoxalement, pour accomplir cette destinée évidente, il fallait que son peuple se libère du joug des religieux les plus extrémistes. Mais ces oulémas étaient-ils réellement des « religieux » ? Il était bien placé pour savoir qu'ils n'étaient que des politiciens comme les autres. Avides de pouvoir. Pour eux, l'islam n'était qu'un paravent, destiné à asseoir leur suprématie sur les esprits et à faire perdurer leurs rentes. Son pays ne pourrait pas s'en sortir sans couper ce lien. Mais on ne changeait pas cent ans d'histoire et d'habitudes comme ça. Pour contrer et neutraliser l'emprise des religieux, on ne pouvait pas utiliser la force. Il n'y avait qu'un seul moyen, en fait. Les prendre à leur propre piège. Retourner leurs propres armes contre eux. Retourner les écrits saints contre leurs faux interprètes.

Le prince soupira. Tout Saoudien qu'il était, il n'avait jamais cru aux élucubrations mystiques. Mais il avait compris comment ces élucubrations étaient parvenues à cimenter son peuple, et à permettre à son lointain ancêtre de conquérir la péninsule. La religion était avant tout un levier politique pour lui. Un outil de conquête et de suprématie. Comme au temps de ben Saoud. Oui, les oulémas étaient bien des politiciens comme les autres. Plutôt plus habiles que d'autres, devait-il admettre. Ils agitaient en permanence l'ombre de l'apocalypse, afin de terroriser leurs ouailles et de faire rentrer les princes dans le rang. Peut-être était-il enfin temps que le Mahdi revienne effectivement sur Terre ? Mais pour cela, il y avait encore un obstacle de taille, réalisa le prince. Il fallait que cet incapable de Kew honore sa promesse. Tout dépendait de cet homme. Et de sa capacité à faire ce qu'il prétendait pouvoir faire. Mais comment pouvait-il en être autrement ? Tout devait être écrit. La découverte des pages manquantes du *Codex Atlanticus* ; la vente du *Salvator Mundi*, ce tableau même que Leonard mentionnait dans le *Codex* ; la découverte de la tombe du prêtre et du linge souillé de sang ; les publications de Kew. Il ne pouvait y avoir de coïncidence. Le Très Haut existait bel et bien. Et il l'avait chargé, *lui*, de cette mission écrasante et exaltante : rétablir Son pouvoir. Son vrai pouvoir. Grâce à lui, l'Oumma serait enfin réunie, autour du prince héritier de son pays. Et grâce à lui, le pouvoir sur l'Oumma ne se partagerait plus. Grâce à lui, les oulémas feraient ce qu'on attendait d'eux. Grâce à lui, son pays pourrait sortir de l'obscurantisme et prendre la place qu'il méritait, à la tête de l'Oumma. Mais cette Oumma serait éclairée, comme elle le fut à l'âge d'or de l'Islam. Cette Oumma comprendrait que son avenir ne passait plus par les madrasas, mais par la science et par la connaissance. L'Islam avait brillé lorsqu'il avait embrassé la science. Il avait sombré lorsqu'il s'était refermé sur ses religieux, du temps du sinistre Calife Osman. L'histoire était cruelle. Elle *avait été* cruelle. Il était temps de briser cette spirale infernale. Et cette fin justifierait tous les moyens, pour lui. On ne faisait pas d'omelette sans casser des œufs, comme le disait l'adage plein de bon sens des infidèles…

*   *   *

La nuit venait de tomber mais avec une lune pleine, ou presque, la surface des eaux du Golfe d'Oman scintillait de mille feux. Teddy avait descendu le dinghie de son bateau, qu'il avait mouillé à quelques nautiques de la clinique, et avec Marylin, ils avaient descendu le matériel et lancé le moteur du canot.

« Moteur électrique, hein ! », approuva Marylin alors que le canot prenait de la vitesse, dans un silence presque assourdissant.

« Oui, c'est plus pratique. Ça fait moins fuir les poissons. »

« Oui, j'imagine », lâcha la jeune femme. Après sa visite dans la remise secrète de Teddy, Marylin s'était mise à douter fortement que l'ancien espion ait complètement raccroché les crampons.

Le canot fendit les eaux calmes du Golfe et ils mirent moins d'une quinzaine de minutes pour rejoindre la côte. Marylin avait abaissé les lunettes de vision nocturne que Teddy lui avait prêtées et le monde reprit pour elle ce dégradé de vert qui lui était devenu familier, au fil des ans.

« À tribord, trente mètres », dit-elle.

« À vos ordres », répondit Teddy le plus sérieusement du monde.

« Ok. Tu peux t'arrêter. Je vais descendre », dit la jeune femme lorsqu'elle fut satisfaite de la position.

Teddy stoppa le moteur et aida Marylin à finir d'enfiler sa combinaison de plongée. Elle mit son matériel dans un sac étanche, ajusta son tuba, et se mit prudemment à l'eau. La plongée serait courte et elle n'avait pas pris de bouteilles. Mais de nuit, aussi près des côtes accidentées d'Oman, une pénétration sous-marine n'était pas non plus une partie de plaisir. En fait, ce n'était *jamais* une partie de plaisir. Les courants vous faisaient dériver, lorsqu'ils ne vous expédiaient pas sur des rochers coupants comme des lames de rasoirs. Et, avec une telle luminosité, n'importe quel gugusse en promenade sur la côte pouvait vous voir sortir de l'eau et donner l'alerte. Mais Marylin avait plusieurs dizaines de plongées de combat derrière elle. Elle n'avait pas passé les tests terrifiants du BUD/S, mais elle s'était battue pour ne rien laisser au hasard, lorsqu'elle avait rejoint le DEVGRU. Elle avait tenu à atteindre le même niveau d'excellence technique que ses collègues masculins, issus pour l'essentiel des squadrons d'assaut. Et parfois, à les dépasser. C'était non seulement une façon de se faire respecter comme militaire, et pas seulement comme femme. Mais aussi une façon de ne pas être un boulet au sein de l'équipe. Les unités clandestines étaient, comme partout, aussi fortes que leurs maillons les plus faibles.

En quelques minutes, elle put mettre pied à terre. Elle fouilla dans son sac étanche et ressortit ses dispositifs de vision nocturne. Elle vérifia que tout était calme aux environs. Puis elle se mit en route, cette fois sur la terre ferme. La clinique se trouvait un peu en hauteur, à environ trois cents mètres de la côte. Elle ne payait pas de mine, de l'extérieur. Elle ressemblait en fait à un petit immeuble, à deux étages. Quelques vitres étaient encore éclairées, à cette heure tardive. D'après Kew, ces pièces qui donnaient sur la mer servaient de salles de réunion pour les chercheurs et pour les gardes. Les laboratoires étaient à l'est, et les chambres où les filles étaient séquestrées à l'ouest. Évidemment, ces chambres n'avaient pas de fenêtre, mais simplement des puits de lumière. D'après Kew, les filles étaient droguées et alimentées par des perfusions. Une équipe d'infirmières devait veiller à ce qu'elles restent dans cet état semi-comateux. Marylin avança encore, puis tomba à terre. Une silhouette venait d'apparaître à l'angle ouest. Elle attrapa le viseur infrarouge que lui avait également prêté Teddy, et elle fit le point. C'était manifestement un garde. Il était en uniforme sombre. À sa ceinture, Marylin put voir une matraque et un holster. Kew n'avait pas menti. Le garde ressemblait plus au vigile d'un supermarché Wal-Mart qu'à un commando d'élite. Mais les apparences étaient parfois trompeuses. Et en tout état de cause, il n'y avait pas besoin d'être un *Navy SEAL* pour donner l'alerte et ruiner une opération de sauvetage. Le garde avança un peu, scruta l'horizon, puis continua son tour.

Marylin attendit qu'il ait disparu, puis elle se remit en route, ajustant chaque pas sur les rochers. Au bout d'une centaine de mètres, elle trouva une petite crevasse d'où elle pourrait poursuivre sa reconnaissance. De sa cachette, elle balaya en détail la façade de la clinique ainsi que les environs.
Une seule caméra, pointée vers le chemin côtier, se dit-elle. Pas d'autre dispositif de sécurité passive visible… Une plateforme à l'est qui ressemblait à un héliport… Un parking un peu plus au sud, à peine visible depuis sa position… Une dizaine de véhicules garés, ce qui correspondait peu ou prou à ce que Kew lui avait dit. De nuit, il n'y avait pas plus d'une quinzaine de personnes. Cinq ou six gardes, deux ou trois médecins et le reste des infirmières. Pendant la journée, il fallait compter une trentaine d'X-Rays. Un peu plus de gardes, et surtout le gros de l'équipe de recherche de Kew. Marylin avait toujours du mal à considérer Kew comme un chercheur. Il se rapprochait plus du docteur Mengele, pour elle. Son hubris et sa cupidité lui avaient fait perdre tout sens des réalités, et tout esprit critique. La jeune femme sentit sa main se crisper sur son viseur infrarouge alors qu'elle imaginait Kew. Mais elle lutta pour évacuer ces pensées stériles. Son tour viendrait bien assez tôt, se dit-elle. Mais la priorité était de retrouver Jenny et de la sortir de cet enfer.

Une heure plus tard, Teddy l'aida à sortir de l'eau et à rejoindre le canot.
« J'ai vu ce que je voulais voir », lui dit-elle.
« Je pense qu'on peut tenter l'opération demain… »
Marylin savait qu'une seule reconnaissance ne suffisait pas pour se faire une idée précise de l'opposition qu'on risquait de croiser. Mais elle n'avait pas le choix. Une image

continuait de la hanter. Celle de cette pauvre jeune fille que le prince avait violée dans sa cabine, sur le yacht. Elle n'avait rien pu faire pour elle. Mais elle ferait tout pour Jenny.

*   *   *

Kew ne s'emmerdait pas, se dit l'homme en arrivant à l'accueil du Kempinski. Il avait tenté d'appeler le Coréen, mais cet abruti n'avait pas décroché. Il devait être en train de se payer du bon temps, sur le dos du prince. L'homme de main s'approcha du comptoir en marbre.
« Bonjour, je voudrais parler à monsieur Kew, s'il vous plait », lâcha-t-il à l'hôtesse.
La fille inclina respectueusement la tête. « Kew, dites-vous ? Oui il a réservé deux suites pour cinq nuits… Mais il n'est pas encore arrivé, je suis désolé. »
L'homme de main fronça les sourcils. « Son vol était prévu en fin de matinée… »
L'hôtesse haussa les épaules. « Je ne sais que vous dire. Il n'a pas encore pris possession de sa chambre… Ni la personne qui l'accompagne. »
« Est-ce que vous avez un autre nom ? Qui est la personne qui voyage avec lui ? »
L'hôtesse sembla mal à l'aise. « Je ne sais pas si je peux vous répondre… »
L'homme de main se pencha sur le comptoir. « C'est important. Je suis un collègue de monsieur Kew et nous avons beaucoup de travail à faire ensemble… »
L'hôtesse attrapa le billet de 100 rials que l'homme avait discrètement posé sur le comptoir et le glissa dans sa poche.
« La seconde chambre a été réservée au nom de madame Louise Hurming. Il s'agit d'une collaboratrice de monsieur Kew. Mais elle n'est pas arrivée non plus. »

L'homme de main soupira. « Très bien. Il attrapa un morceau de papier et griffonna un numéro qu'il tendit à l'hôtesse. »

« C'est mon portable. Si Kew ou cette Louise Hurming arrive, pourriez-vous avoir la gentillesse de m'appeler ? »

L'homme de main avait pris soin de glisser un second billet de 100 rials. L'hôtesse attrapa les deux et lui fit un sourire entendu.

L'homme de main sortit de l'hôtel et retrouva sa voiture de location. Où était passé cet imbécile de Kew. Il ne se trouvait pas à la clinique. Il en venait, évidemment. Il n'était pas à son hôtel non plus. Où était-il ? Et qui était cette Louise Hurming ? Il avait lui-même procédé à l'enquête de routine sur Kew et il ne se souvenait pas avoir croisé une Louise Hurming. Si à Séoul, ni à Monaco. Où l'avait-il dégotée ? C'était peut-être une pute qu'il avait payée pour lui tenir compagnie. C'était bien là le problème de Kew. Il aimait trop le luxe, l'argent, les voitures de luxe et les femmes. Il faudrait lui rappeler que l'argent que le prince lui avait donné n'était pas un cadeau. C'était la rémunération pour un travail précis. Et jusqu'à présent, ce travail laissait à désirer…

« Qu'est-ce qu'on fait ? », lui demanda son collègue, qui était resté dans la voiture.

« Kew n'est pas là… Je pense qu'on va aller voir à l'aéroport. Il a peut-être loupé son avion. Mais cet abruti aurait pu nous le dire… »

Vingt minutes plus tard, l'homme de main arriva à l'aéroport international de Mascate. À cette heure tardive, le hall des arrivées était presque vide. Des femmes de ménage bangladaises ou pakistanaises, dument voilées, passaient la serpillère sur le sol en marbre clair. L'homme de main traversa le hall des arrivées, et monta directement jusqu'au poste de sécurité. Il connaissait bien le responsable de la sécurité. Il sonna à la porte.

« Comment dis-tu qu'il s'appelle ? », lui demanda le chef de la sécurité.
« Kew », répondit l'homme de main. « Et Hurming… »
Le chef de la sécurité tapa les noms sur son clavier.
« Oui, ils sont bien arrivés par le vol *Emirates* en provenance de Londres. »
« C'est impossible », grogna l'homme de main. « Comment ont-ils fait pour se perdre en route ? »
Il sentit la colère l'envahir. Kew les prenait vraiment pour des imbéciles. Il devait être en train de faire la fête quelque-part avec sa pute.
« Tu as des images de vidéosurveillance ? Tu peux me dire notamment s'il a loué une voiture, ou s'il a pris un taxi ? »
Le chef de la sécurité soupira. Mais une poignée de billets lui redonna un peu d'énergie.
« Tiens, un Coréen, c'est ça ? Ça doit être lui… »
L'homme de main passa derrière l'écran.
« Oui, c'est Kew », dit-il en reconnaissant le visage rond du Coréen. Une fille était effectivement à côté de lui dans la queue des taxis.
« Tu peux faire un zoom sur elle ? », demanda-t-il.
De trois-quarts, elle ne ressemblait pas vraiment à une prostituée de luxe. Petite, pantalon en toile, chaussures de sport à talon plat. On faisait plus sexy.
« Tiens, on la voit mieux, là », dit le chef de la sécurité.
Effectivement, alors qu'elle rentrait dans le taxi, la fille avait tourné la tête dans la direction de la caméra.
« Bon sang ! », jura l'homme de main. « Arrête-toi là », ordonna-t-il au chef de la sécurité. « Zoom encore ! »
Le visage de la fille grossit encore, jusqu'à occuper tout l'écran.

« C'est la fille de Dubaï ! », dit le Marocain, devant le visage interrogatif du chef de la sécurité de l'aéroport de Mascate. « C'est la fille de l'InterContinental ! »

*

« Est-ce que vous êtes sûr ? », lui demanda le prince sur la ligne sécurisée.

« Absolument ! C'est la même fille ! Elle prenait des photos du hangar de la société à Dubaï. On avait pu la suivre jusqu'à l'InterContinental. Khalil l'avait neutralisée et on avait fouillé sa chambre. Elle disait être journaliste indépendante ! »

« Et après ? »

« Son histoire tenait debout. Elle avait plusieurs dossiers sur son portable, et travaillait sur une enquête au Moyen-Orient... J'avais chargé Khalil de s'en débarrasser. Mais il a disparu. Et elle aussi. J'ai pensé qu'il avait emmené le corps ailleurs. Il ne répond plus au téléphone, depuis. »

« Et cela ne vous a pas alarmé ? », grinça le prince, sur un ton qui ne cachait rien de son exaspération grandissante.

L'homme de main avala sa salive avec difficulté. « Si, mais... »

« Cela suffit ! », l'interrompit sèchement le prince. « Qu'est-ce que Kew fait avec cette fille ? C'est la question principale. Il faut le retrouver. Et retrouver cette fille, aussi. »

« Je suis d'accord. J'ai pu remonter jusqu'au taxi qu'ils ont pris, en arrivant à Mascate. Le chauffeur les a déposés à proximité du Golf Ras Al Hamra. »

« Et ? »

« Et nous avons perdu leur trace, là-bas... »

Le prince resta silencieux pendant quelques longues secondes. Puis il reprit. « Décevant... Je vous paie pour quoi ? Pour trouver des excuses à votre incompétence, ou pour m'apporter les réponses que je cherche ? »

L'homme de main répliqua immédiatement. « Nous allons les retrouver. Kew n'est pas venu à Mascate par hasard. Il va aller à la clinique. Nous le trouverons là-bas. »

« Oui… C'est fort possible en effet… Allez l'attendre à la clinique et tenez-moi au courant », dit le prince. Il allait raccrocher mais se ravisa. « Attendez ! Je pense qu'il est temps que nous ayons une conversation moins courtoise, avec Kew. Je vais vous rejoindre à la clinique. Nous lui parlerons tous les deux… »

Et le prince clôtura la conversation. Il posa son téléphone portable et saisit le combiné posé sur la table basse de sa suite. À la seconde sonnerie, une voix féminine lui répondit. Le service de conciergerie du Burj al Arab était évidemment au meilleur niveau.

« Je voudrais un hélicoptère pour Mascate… Non, demain matin suffira… Inutile de réveiller le pilote au milieu de la nuit… Parfait… 10 heures… »

Et il raccrocha. C'était toujours ainsi. L'argent pouvait presque tout payer. Sauf la compétence, apparemment. Et lorsqu'on voulait que quelque-chose soit bien fait, il fallait le plus souvent le faire soi-même. Il n'était pas dupe de la nature humaine.

Un léger bourdonnement le tira de ses pensées. Il constata que c'était à nouveau la ligne fixe de la suite. Ce devait être le concierge de l'hôtel qui lui confirmait le vol du lendemain. Il décrocha.

« J'écoute. »

« Bonsoir, un appel international pour vous », lui indiqua l'opératrice. Puis, après deux secondes de latence, une voix familière retentit dans le combiné.

« Je n'arrive pas à vous joindre sur la ligne sécurisée. »

Il n'y eut, comme souvent avec son interlocuteur, aucune formule de politesse. L'homme ne s'encombrait pas de propos inutiles.

« J'étais en communication », répondit le prince. « Avec mes collaborateurs, nous avions… »

« Cela ne m'intéresse pas », l'interrompit la voix, acide. « Je ne veux pas d'excuses. Lorsque j'essaie de vous joindre et que je vous demande de me rappeler, j'aimerais que vous me rappeliez immédiatement. C'est tout. Je paie vos projets. Et rien ne semble se dérouler comme il était prévu, n'est-ce pas ? La phase ultime du projet est-elle prête ? Je ne compte plus les semaines de retard et ma patience est à bout… »

Le prince avala sa salive avec difficulté. Une boule venait de se former dans sa gorge. « Je compte me rendre sur place dès demain pour suivre les travaux au plus près. C'est une question de jours… de quelques semaines, tout au plus. » Il savait ce que son interlocuteur voulait dire par *'phase ultime'*. Il s'agissait des inséminations des jeunes filles avec les embryons synthétiques fécondés *in vitro*. Mais sur une ligne non sécurisée, il ne pouvait pas être plus précis. Le simple fait de l'appeler sur une telle ligne était déjà une prise de risque particulièrement rare chez lui… Signe de son impatience. Et de son exaspération.

« Je l'espère », dit la voix. « De jours… De *jours*, j'espère que nous nous comprenons », répéta-t-elle. « Contrairement à vous, je n'ai pas le loisir de l'oisiveté. Confirmez-moi que la dernière phase a été enclenchée, dès que possible », ajouta la voix. Et la ligne devint muette.

Le prince reposa le combiné. Une colère sourde l'avait envahi. Une colère vaine, il le savait. L'homme qui lui avait parlé comme au dernier des laquais avait payé les recherches de Kew. La clinique d'Oman lui appartenait donc, via une succession totalement opaque de sociétés écrans. Et tout prince de sang qu'il était, il savait que cet homme n'hésiterait pas à lui demander des comptes, si le projet échouait. Oui, cet imbécile de Kew allait réussir. Il s'en assurerait personnellement.

Chapitre 8

« Vous ne comprenez pas les risques », gémit Kew. « Vous ne connaissez pas ces gens. »

Marylin lui jeta un regard mauvais. « Tu vas faire exactement ce que je te dis de faire. Tu n'as pas idée de ce dont je suis capable, moi. Si tu me le fais à l'envers, la diffusion de ta confession sur YouTube sera en fait le dernier de tes soucis. Non seulement je te tuerai, mais je m'arrangerai pour que tes derniers instants soient les plus douloureux possibles. Crois-moi, je suis bien dangereuse que les guignols dont tu parles. »

Kew croisa le regard de la jeune femme et, au fond de lui, il eut l'absolue certitude qu'elle disait la vérité. Cette femme n'avait pas vraiment l'air menaçant, lorsqu'on la croisait dans la rue. Elle était petite, fine, plutôt mignonne – mais elle n'était pas vraiment le genre de fille que Kew payait en général lors de ses déplacements, ou sur la côte d'Azur. Personne n'aurait misé non plus un centime sur elle dans un combat de racailles. Mais Kew avait compris que les apparences pouvaient être trompeuses, parfois. Il avait également compris qu'elle n'aurait pas hésité une seconde avant de lui trancher la gorge, s'il n'avait pas parlé, lors de leur première rencontre. Imperceptiblement, il passa la main sur son cou, où il portait toujours la cicatrice de l'entaille qu'elle lui avait faite. Juste au-dessus de la carotide.

L'attente avait été presque insoutenable, toute la journée. Ils étaient restés dans la maison du troisième homme, jusqu'en fin d'après-midi. La fille n'avait rien dit. L'autre non plus. Kew avait attendu, assis sur le lit de la chambre d'amis, les yeux perdus dans le vide. Il n'avait plus que de mauvais choix, devant lui. Mais qui pouvait-il blâmer ? Il avait joué avec le feu. Il avait fait un pari extravagant. Il avait surestimé ses forces et ses compétences. Il s'était pris pour Dieu. Mais, comme il l'avait dit à la fille, il n'avait rien à voir avec le choix des filles. Ni avec les enlèvements. Marylin l'avait frappé, à cet instant. Elle aurait pu aller plus loin. Il avait vu dans ses yeux qu'elle aurait pu le tuer de ses propres mains. Mais avait-elle tort ? Dans la liste des prérequis qu'il avait évoqués avec le prince, il y avait bien sûr eu les marqueurs génétiques. Le sang qu'il devait utiliser portait plusieurs gènes récessifs déficients. Les donneuses ne pouvaient pas les porter à leur tour. Mais il y avait eu aussi l'absolue nécessité que les jeunes filles soient vierges... Kew n'avait pas compris. Il avait indiqué au prince que le prélèvement d'ovules, la fécondation *in vitro* et l'insémination ne nécessitaient aucunement que les filles n'aient jamais eu de rapports. Au contraire, avait-il tenté. Cela aiderait à l'implantation du fœtus. Mais le prince n'avait pas daigné répondre. Qu'aurait-il pu faire ? Qu'aurait-il *dû* faire, à cet instant ? Fuir ? Kew savait qu'il était déjà trop tard. Qu'il était trop impliqué. Le scandale de ses recherches aurait annihilé sa carrière. Et il avait également compris que l'argent que lui avait donné le prince pouvait disparaître tout aussi vite qu'il était apparu sur ses comptes numérotés. Il aurait fui sans rien. Et où aurait-il fui, de toute façon ? Sa famille officielle se trouvait toujours à Séoul. Les aurait-il abandonnés ? Jusqu'à ces derniers jours, jamais le prince ne l'avait menacé. Mais Kew n'avait pas été dupe. Le Saoudien était toujours entouré d'hommes de main à la mine menaçante. Pourtant, aurait-il imaginé qu'ils puissent menacer sa *vie* et sa *famille* ? Les choses étaient allées trop loin. Il était tombé dans un piège.

Vers 17 heures, Marylin était venue le chercher dans sa chambre. Elle était complètement transformée. Tailleur pantalon, chaussures élégantes à talon plat. Elle s'était coiffée et même maquillée. Kew eut presque de la peine à la reconnaître. Elle était passée en un instant du garçon manqué prêt à faire un concours de bras de fer à la femme sensuelle et effacée, qui mettait subtilement en valeur ses atouts physiques sans toutefois rien dévoiler de trop vulgaire. Mais deux choses n'avaient visiblement pas changé. Son regard était resté le même. Métallique. Froid. Cassant. Glaçant. Et sous sa veste, Kew la vit glisser un pistolet automatique compact dans un holster fiché à l'intérieur de son pantalon, caché dans le creux de ses reins. Lorsqu'elle abaissa sa chemise et sa veste, l'arme était devenue totalement invisible.

« Pourquoi si tard ? », demanda Kew. Mais Marylin ne lui répondit pas. Elle lui fit signe de prendre sa sacoche et de sortir. Le troisième homme avait disparu. Kew se demanda s'il allait les accompagner à la clinique. Il eut une réponse implicite. Il ne chercha pas plus loin. De toute façon, la fille n'était pas d'humeur à répondre à ses questions, visiblement. Marylin marcha avec lui sur un kilomètre environ. Un taxi les attendait à l'endroit convenu. La jeune femme fit signe à Kew de grimper à bord. Et ils partirent tous les deux vers la clinique. Il y aurait une petite heure de route.

Le taxi s'arrêta sur le parking de la clinique. Alors que Kew payait le chauffeur, comme il se devait, Marylin sortit du véhicule. L'air de rien, elle fit le tour des environs. Il y avait un peu plus d'une douzaine de voitures garées sur le parking. Deux étaient de luxueux SUV Mercedes classe G aux vitres teintées et aux roues surdimensionnées. Le reste était d'une gamme beaucoup plus modeste. Des VIP ou les véhicules des caciques de la clinique ? Deux caméras filmaient le parking et l'entrée principale de la clinique. Des spots halogènes permettaient d'éclairer les alentours. Le jour avait à peine commencé à décliner et les spots n'étaient pas encore allumés. Pour Marylin, ils étaient de toute façon mal placés et offraient suffisamment de zones d'ombre pour progresser à partir de l'ouest, notamment. Cela confirmait ses conclusions lors de sa reconnaissance, la nuit passée. Devant la porte de la clinique, un unique garde était de faction. Il ne semblait pas vraiment menaçant et Marylin put immédiatement constater qu'il n'était pas issu d'un régiment d'élite… Mais un énorme holster était bien visible à sa ceinture, et la crosse de ce qui ressemblait à un Beretta 92 dépassait du cuir. Bonne arme. 16 cartouches, en comptant celle qui était dans le canon. Ambidextre. Large fenêtre d'éjection qui réduisait massivement la probabilité que l'arme s'enraille – si elle était bien entretenue, bien sûr. On faisait mieux de nos jours, notamment en termes de légèreté et de résistance aux chocs ou aux intempéries. Mais Marylin savait qu'une balle de 9mm *Parabellum* ferait les mêmes dégâts, tirée du Beretta ou de son Glock. Rien d'autre de visible.

Kew finit par la rejoindre. Son visage était transpirant et son regard fuyant.

« Tout va bien se passer », lui glissa Marylin à voix basse. « Vous faites et dites exactement ce qu'on a convenu, et tout se passera bien. »

Kew acquiesça. Marylin posa une main ferme sur son bras.

« Respirez un grand coup. Et essuyez-vous le front. On a l'impression que vous sortez de la douche… »

« Je suis nerveux », articula le Coréen avec peine.

« Il n'y a pas de raison de l'être », mentit Marylin. « On rentre, on va directement aux chambres des filles. Je récupère Jenny, on sort, et c'est terminé. »

Kew inclina piteusement la tête. Mais de toute façon, pour Marylin, l'utilité du Coréen disparaitrait à la minute où elle identifierait Jenny. La suite, elle saurait faire.

« Allons-y », dit Marylin. « Et je vous rappelle, je suis votre assistante. Faites au moins semblant de me mépriser… Je vous rappelle que vous êtes un grand scientifique, et nous sommes dans un pays musulman. Je ne suis qu'une modeste employée, et une faible femme. Au pire, faites comme si vous me sautiez à l'occasion, cela rendra ma présence plus crédible. »

Kew tourna un regard interloqué vers elle.

« Vous saut… Que voulez-vous dire ? »

« Que je suis votre maîtresse, abruti ! », murmura-t-elle sur un ton qui cachait mal son exaspération. « Pourquoi faites-vous cette tête d'ahuri ? Je ne suis pas à votre goût ? »

« Non… Enfin si… Je ne sais pas », balbutia Kew.

« Allons-y », grinça Marylin.

La paire approcha de l'entrée de la clinique. Le garde en faction salua Kew et ouvrit la porte, sans demander son reste. Il avait étudié Marylin à la manière d'une hyène qui regardait un morceau de viande, en la déshabillant du regard. Dans d'autres circonstances, elle lui aurait mis une tarte pour ça. Mais Marylin savait qu'elle ne pouvait pas se disperser. Elle avait un rôle à jouer. Et ce rôle était de porter la serviette de Kew.

Un long couloir s'ouvrait devant eux. Marylin remarqua trois caméras accrochées au plafond. Un garde se trouvait à l'entrée, dans une petite guérite, et un autre marchait d'un pas nonchalant au bout du couloir. Trois hommes et une femme en blouse discutaient devant une porte, à une dizaine de mètres. Une demi-douzaine de portes s'ouvraient sur le couloir. Kew lui avait indiqué qu'il s'agissait essentiellement de locaux communs et des bureaux des chercheurs de son équipe. Les laboratoires et les chambres des filles se trouvaient après la double porte battante qui était au bout du couloir. La porte était protégée par un code et nécessitait une identification biométrique. Kew marcha droit vers le groupe de chercheurs. Il les salua. Marylin prit bien soin de rester quelques pas derrière lui. Les chercheurs lui jetèrent des regards entendus. Ce n'était sans doute pas la première fois qu'ils voyaient Kew accompagné d'une collaboratrice féminine, manifestement. Le Coréen passa quelques instants à déblatérer des banalités en anglais, puis il donna congé aux chercheurs et, suivi de Marylin, alla droit vers la porte des laboratoires. Le garde le salua.
« Professeur. »
Le garde dévisagea Marylin et son regard se perdit sur son décolleté qui apparaissait subtilement sous sa veste de tailleur. La jeune femme fit mine de baisser les yeux, comme une faible représentante de son sexe inférieur devait le faire devant un mâle dominant. Mais elle ne put s'empêcher de s'imaginer lui lacérant le visage à coup de couteau. Il lui fallut un effort mental pour évacuer ces pensées stériles, et même contreproductives. Son impulsivité était son pire ennemi, elle le savait. Elle lui avait joué des tours et elle avait failli l'envoyer en prison, ou la faire échouer aux tests de sélection du DEVGRU.

Discrètement, Marylin prit quelques longues inspirations d'air.

Kew inclina la tête devant le garde. Puis il pianota un code sur le clavier numérique et posa son pouce sur la petite surface vitrée placée en dessous. Un léger buzz retentit et la porte se déverrouilla. Kew la poussa et pénétra dans la partie sécurisée de la clinique. Un nouveau couloir d'une dizaine de mètres s'étendait devant eux, et se terminait par un coude qui partait vers la droite. Kew lui avait bien décrit les lieux. Plusieurs portes donnaient sur le couloir. C'était les laboratoires et les salles d'expérimentation. Au fond, il y avait la salle des gardes et la salle de conférence où les chercheurs se réunissaient régulièrement. Les chambres se trouvaient après le coude. Marylin s'approcha discrètement de Kew et lui glissa à voix basse.
« On ne perd pas de temps. On va directement aux chambres. »
Le Coréen soupira. Son visage était étrangement livide mais il obtempéra. Le couloir était vide et seuls quelques éclats de voix s'échappaient de la salle des gardes. D'après Marylin, à en juger par les sons, il y avait au moins deux personnes dans la salle. C'était là encore cohérent avec les indications de Kew. La paire atteignit le coude. Une autre porte coupe-feu était installée. Kew tapota un nouveau code et dut, à nouveau, montrer son pouce. Un cliquetis signala que la porte était ouverte. Marylin passa après Kew. Il y avait une dizaine de chambres. Six étaient occupées, d'après le Coréen. Cinq, en fait, corrigea Marylin. Car l'une des filles avait été emmenée sur le yacht du prince pour servir d'esclave sexuelle. Kew avança et s'arrêta devant la chambre numéro 3. Il fit un signe de tête discret à Marylin. L'Américaine était là. Marylin s'approcha. Elle avait remarqué les deux nouvelles caméras accrochées au plafond. Elle prit une profonde inspiration. Puis elle fit signe à Kew d'entrer dans la chambre.

Kew poussa la porte et pénétra dans la pièce. Marylin le suivit immédiatement. La chambre était sombre, à peine éclairée par deux petits néons installés de part et d'autre. Il n'y avait pas de fenêtre. Un lit était installé au centre, entouré de multiples écrans. Une silhouette était allongée, recouverte par un drap blanc. Marylin s'avança et ce fut comme si un immense poids venait à cet instant de tomber de ses épaules. C'était Jenny. Elle reconnut son visage juvénile et ses cheveux dorés qui étaient étalés sur l'oreiller. Son bras droit était posé sur le drap et une perfusion sortait du creux de son coude. Kew lui avait dit qu'ils injectaient un mélange de nutriments essentiels et d'anxiolytiques légers pour maintenir les filles dans un coma artificiel. Marylin fit un rapide tour de la pièce. Deux caméras étaient installées à deux angles de la chambre et filmaient le lit. Comme Kew lui avait dit. Le Coréen tourna un visage ahuri vers elle. Marylin se contenta d'incliner la tête. Son premier réflexe aurait été de se jeter sur sa nièce pour la prendre dans ses bras, et sans doute de saisir son Glock pour abattre Kew. Mais Marylin était réaliste. Elle se savait filmée et, malgré son entraînement et la rage qu'elle pourrait déchaîner pour couvrir sa sortie à coup de 9mm, elle savait qu'elle ne pourrait pas à la fois porter sa nièce inanimée et neutraliser les gardes. Cela marchait dans les films lorsque le héros s'appelait Stallone ou Jason Statham. Mais Marylin n'était ni actrice à Hollywood, ni un homme d'un mètre quatre-vingts dix et de cent kilos de muscles… Kew s'avança vers le lit et commença à jouer avec le dispositif qui contrôlait l'injection de la perfusion. D'après ce qu'il lui avait dit, le sevrage d'anxiolytiques n'était pas dangereux physiologiquement, mais la fille mettrait une vingtaine de minutes à sortir du coma, au moins. Elle serait alors transportable. Vingt minutes… Cela leur laissait le temps de trouver un fauteuil roulant. Elle s'approcha de Kew et, la tête toujours inclinée en signe de déférence devant le maître, elle lui glissa.

« Je reste avec elle. Allez chercher un fauteuil roulant. »

Kew soupira. « Et comment je vais le justifier, si on m'interroge. »

Marylin sentit son sang bouillir dans ses veines. « Tu es le patron, oui ou non ! », grinça-t-elle entre ses dents. « Tu trouveras une explication. Ou tu leur répondras d'aller se faire cuire un œuf. Cela m'est égal. Mais n'essaie pas de jouer au plus fin. Si quelqu'un qui n'est pas toi pénètre dans cette pièce, je lui ferai un trou dans le crâne. Et tu seras le prochain sur la liste. Compris ? »

Kew acquiesça. Puis il se dirigea vers la porte de la chambre et Marylin le vit sortir.

Jenny semblait si calme. Son visage apparaissait détendu, dans la lumière diaphane de la chambre. Ses cheveux étaient en désordre. Elle lui ressemblait, par un hasard de la génétique que personne n'aurait réellement su expliquer. Jusqu'à l'implantation de ses cheveux, si fins et si durs à coiffer. Marylin avait trouvé la parade en les coupant plus courts. Mais si elle les avait laissé pousser, ils auraient pris la même teinte dorée/cuivrée que ceux de sa nièce. Jenny était l'innocence même. Comme toutes les filles de son âge, ou presque. Elle n'avait rien vécu. Elle n'avait jamais pu faire de mal. Marylin avait eu quinze ans aussi. Mais elle avait été différente. Elle avait toujours été différente des autres filles. Plus mature ? Plus impulsive ? Elle avait commis son lot d'erreurs et elle avait fleureté avec la naïveté, elle-aussi. Mais elle avait trouvé son chemin. L'armée l'avait rattrapée. L'armée lui avait donné un cap, une boussole morale. L'armée lui donné un sens à sa vie. Elle devrait servir. Combattre l'ignominie. Protéger l'innocence. Elle aurait le droit de tuer, pour cela. Tuer pour sauver des vies. Le monde était-il devenu à ce point absurde ? Mais toutes les vies ne se valaient pas. La vie de

Jenny valait plus que toutes celles des chercheurs, gardes et pseudo-scientifiques réunis dans cet établissement de malheur. La vie de toutes leurs jeunes victimes valait plus, corrigea-t-elle. Mais Marylin ne pouvait toutes les sauver, à cet instant. Elle ne pouvait sauver que Jenny.

La porte de la chambre se rouvrit à cet instant, et la tête de Kew apparut dans l'embrasure. Combien de temps était-il parti ? Deux ou trois minutes, tout au plus.
« J'ai trouvé le fauteuil roulant », murmura-t-il. « Est-ce que vous pouvez m'aider ? »
Marylin s'approcha de la porte. Et immédiatement une série de lumières rouges se mirent à clignoter dans son esprit. Même dans la lumière tamisée du couloir, le visage de Kew apparaissait plus livide encore ; sa voix tremblotait un peu plus. Et pourquoi aurait-il eu besoin d'aide pour pousser un misérable fauteuil roulant dans la chambre ? La main droite de Marylin partit vers la crosse de son Glock, mais elle n'eut pas le temps de le saisir. Une ombre avait poussé Kew et une silhouette venait de prendre sa place dans l'embrasure de la porte. Un homme. Et cet homme tenait une arme, dont le canon était dirigé droit vers elle.
« Pas un geste », dit l'homme.
Marylin était une professionnelle. Mais elle était réaliste. Une balle était chambrée dans son Glock et il lui aurait suffi d'une seconde pleine pour le sortir de son holster et aligner sa visée vers la masse corporelle de cet homme. Une seconde qui aurait toutefois été largement suffisante pour recevoir une balle à son tour. La silhouette armée fit un pas en avant. L'homme n'était pas seul. Derrière Kew, une autre silhouette était apparue. Marylin leva lentement ses mains en l'air. Et c'est à cet instant qu'elle reconnut l'homme armé. C'était le Marocain de l'InterContinental, à Dubaï. Celui qui était parti à temps en ordonnant à son collègue de la faire disparaître.

« Comme on se retrouve », lui dit-il, un sourire carnassier sur son visage.

*

Marylin sortit de la chambre de Jenny, le pistolet automatique du Marocain toujours pointée sur son visage. À l'extérieur, un garde bedonnant passa derrière elle et commença à la fouiller. Sans surprise, il trouva immédiatement son holster et sortit le Glock 26 qu'il tendit au Marocain. Le garde continua la fouille, en insistant bien sur ses parties intimes. Marylin avait posé ses mains sur sa nuque et se laissa faire sans dire un mot. Kew était là, le visage totalement déconfit et le regard vers le sol. Un quatrième homme avait également fait son apparition. Il était très différent. Costume de bonne coupe, barbe impeccablement taillée. Marylin le reconnut. C'était le prince saoudien.

« C'est bien elle », lâcha l'homme de main marocain. « La fille de l'InterContinental. »

Le prince la dévisagea. « Je suis ravi de faire votre connaissance », commença-t-il d'une voix douce.

« Je ne suis pas sûre que cela soit réciproque », dit Marylin.

« J'imagine », admit le prince. « Je me mets même à votre place. Avec votre ami Kew, vous pensiez faire votre affaire dans cette clinique, ni vue, ni connue ? »

Kew releva la tête. « Je ne suis pas son ami ni son complice… »

« Taisez-vous, imbécile », le coupa sèchement le prince, sans même jeter un regard à l'impudent. « On règlera ça plus tard. »

Le prince attrapa le Glock de Marylin tendu par son homme de main. Il fit tourner délicatement le pistolet entre ses doigts.

« Joli. Une arme de femme ? »

Marylin haussa les épaules.

« Mohamed m'a dit qu'il avait déjà croisé votre route, en effet. À Dubaï ? N'est-ce pas ? »

Marylin resta muette.

« Oui. Où est Khalil ? », demanda l'homme de main.

Marylin lâcha le prince des yeux et plongea son regard dans celui de l'homme de main.

« Vous ne l'avez pas revu ? C'est curieux. Nous nous sommes quittés bons amis pourtant. Une bise et au-revoir... »

Le Marocain ne trouva pas ça drôle et lui donna un coup dans le ventre.

« Tout doux », dit le prince. « Ce ne sont pas des manières de parler à une jeune femme... »

Marylin se redressa, le visage tordu de douleur et le souffle coupé.

« Non, en effet », dit Marylin. « Et j'ai cru comprendre que vous étiez vous-même un expert pour parler aux femmes. Surtout lorsqu'elles sont droguées et inertes. »

Le prince fronça les sourcils. « Si vous le dites. » Il posa son doigt sur le visage de la jeune femme. « Peut-être aurons-nous l'occasion d'approfondir cette facette de ma personnalité plus tard », admit-il. « Et qui sait, il n'est pas impossible que vous changiez d'avis sur moi, à cette occasion. »

« J'en doute », souffla Marylin.

Le prince se contenta de lui sourire. « Mais chaque chose en son temps. Vous allez d'abord me dire ce que vous faites ici. »

« Visite », répondit Marylin. « J'ai vu de la lumière et je suis entrée. »

Le prince haussa les épaules. Il se tourna vers Kew qui continuait à fixer piteusement le sol. Puis il revint vers Marylin.

« J'admire votre courage, mademoiselle », dit-il. « Je suis même impressionné. Je suis un homme et je ne sais pas

comment je réagirais, à votre place. Mais je pense que vous comprenez la précarité de votre situation. Nous pouvons parler tranquillement autour d'un verre. Ou je peux laisser Mohamed et ses hommes attendrir la viande à leur façon. Ils sont des spécialistes, formés à la meilleure école. »
Le Marocain esquissa un sourire, son arme toujours pointée sur le visage de Marylin. Elle put voir que ce dernier n'attendait visiblement que cela : montrer à cette faible femme ses techniques de torture. Marylin savait ce qui se passait dans les geôles marocaines. Le pays, comme l'Égypte et la Syrie, en son temps, fut utilisé par la CIA dans le cadre du programme dit de « redditions ». Des hommes soupçonnés d'appartenir à Al Qaida étaient enlevés par le Pentagone ou la CIA et expédiés clandestinement vers des prisons où des services moins à cheval sur les droits humains pouvaient engager une discussion plus musclée… Il n'était pas rare que les prisonniers périssent sous les coups, dans ces prisons. Et les prisonnières connaissaient un sort pire encore.

Marylin ignora le Marocain. Elle se tourna vers le prince. « Je suis touchée par le compliment… Sincèrement... Mais je crains d'avoir d'autres projets pour la soirée. J'ai une proposition alternative. Vous seriez fort inspiré de poser vos armes, de vous constituer prisonniers, de libérer les filles que vous avez enlevées. Alors peut-être – je dis bien *peut-être* – que vous vous en sortirez vivant. »
Le prince absorba le propos de la femme qui se trouvait devant lui, à moins de trois mètres. Il éclata d'un rire un peu forcé, imité par le Marocain et par le garde bedonnant qui était toujours là.
« J'aime votre style », répondit le prince. Il se tourna vers l'homme de main marocain. « Mohamed, je vous laisse avec mademoiselle. Vous savez quoi faire… Essayez juste de la laisser aussi intacte que possible. Je pense que j'aurai

plaisir à finir cette conversation avec elle. Ou avec ce qu'il en restera. »

Le Marocain inclina la tête. Marylin put voir qu'il savourait à l'avance la séance qu'il allait passer avec elle. Mais c'est à cet instant que le ciel éclata.

Une explosion assourdissante retentit qui fit trembler les murs et vibrer les néons accrochés au plafond. Un nuage de poussière apparut au bout du couloir. Sans surprise, le Marocain, le prince et le garde tournèrent la tête. Marylin avait profité du coup dans les côtes pour se rapprocher de quelques dizaines de centimètres du Marocain, imperceptiblement. Elle se trouvait désormais à moins d'un mètre, les mains toujours posées sur sa nuque. Sans surprise, le garde était un amateur et, après avoir trouvé son Glock dans le holster coincé dans son pantalon, il avait préféré lui malaxer les fesses et les seins au lieu de procéder à une fouille en bonne et due forme. C'était le problème avec les hommes. Le sang ne pouvait pas irriguer à la fois leur cerveau et leur bas ventre. Marylin avait pu saisir le petit couteau à cran d'arrêt qu'elle avait acheté à Monaco et qu'elle avait dissimulé dans le col de sa veste de tailleur. Le Marocain la vit bouger. Mais il n'eut pas le temps de réagir. En un mouvement circulaire, son bras gauche fusa vers la gorge du Marocain, la lame du cran d'arrêt s'ouvrant en l'air. Dans le même temps, Marylin avait pivoté sur elle-même de 90 degrés et sa main droite s'écrasa sur le canon du pistolet automatique de l'homme de main, qui visait désormais le vide. C'était une prise classique de krav maga, qui permettait en moins de temps qu'il ne fallait pour le dire de saisir l'arme d'un adversaire trop confiant et trop proche… La tête du Marocain partit en arrière et sa main gauche se posa sur sa gorge ouverte. Dans le même temps, Marylin fit tourner le pistolet automatique, brisant l'index de l'homme de main au passage. Le pistolet était désormais à elle. Elle lâcha son cran d'arrêt et avec sa main gauche désormais libre, tira la culasse de l'automatique. C'était un geste sans doute inutile, car il était probable que le Marocain avait chambré une cartouche. Une balle de 9mm fut d'ailleurs éjectée et retomba au sol, mais Marylin l'ignora. Elle avait déjà pointé le pistolet dans la direction du garde, qui était resté figé comme une statue. Elle pressa la détente à deux reprises, en *double tap. Bang… Bang…* Le garde s'effondra. Puis elle tourna son arme vers le prince.

Entre l'explosion et l'élimination des deux gardes, il ne s'était passé que deux secondes pleines. Peut-être trois. Kew n'avait pas eu le temps de bouger. Et le prince resta interdit. Son sourire s'était toutefois effacé. Son homme de main gisait au sol, les mains crispées sur sa carotide tranchée. Au rythme de ses pulsations cardiaques, il se vidait petit à petit de son sang en se contorsionnant de façon écœurante. Le garde bedonnant était mort, deux balles reçues en pleine poitrine à trois mètres de distance.

Un peu à l'écart, derrière les doubles portes coupe-feu, les autres gardes réagirent aussi promptement que leur absence d'entraînement leur permit de le faire. Marylin les entendit crier en arabe. Mais Teddy ne s'était pas contenté de faire détonner ses charges. De courtes rafales d'armes automatiques résonnèrent, suivies de cris, suivies de nouvelles rafales, suivies d'autres cris. Et puis le silence finit par s'abattre sur la clinique.
« Votre altesse, on ne peut pas dire que je ne vous avais pas prévenu », lâcha simplement Marylin, en reprenant son Glock des mains du prince. « Et nous allons pouvoir discuter ensemble, effectivement. »
Elle se tourna vers Kew, qui était toujours là, comme figé de stupeur.

« Toi, occupe-toi de Jenny ! Et que ça saute », lui lança-t-elle. Puis elle fit signe au prince de la suivre dans la chambre de sa nièce.

« Vous ne savez pas ce que vous faites », tenta le prince. Mais Marylin put voir que son air bravache n'était qu'une façade dérisoire. Elle fit signe à Kew de se bouger. Le Coréen inclina la tête et alla préparer Jenny. Pendant ce temps, Marylin ajusta sa visée sur le prince. « Je vais être honnête avec vous. Je sais qui vous êtes. Et je n'aurai pas le moindre scrupule à vous loger une balle en plein front. Mais je vous laisse une chance. Vous allez tout me dire. Vous allez faire une confession complète. »

Le prince allait répondre quelque chose, mais une voix résonna de l'extérieur de la chambre.

« STARDUST, la voie est libre. 5 X-rays neutralisés. »

Teddy se trouvait dans le couloir. Il avait abattu les derniers gardes.

« Kew, vous portez Jenny », dit-elle. Puis, se tournant vers le prince. « Le premier qui fait un geste de travers, je lui loge une balle dans les couilles et une dans le ventre et je le laisse se vider de son sang. J'espère que je me suis bien fait comprendre. »

Kew inclina la tête, le visage de plus en plus livide. À ce rythme, il allait bientôt devenir transparent, jugea Marylin.

« Vous », dit-elle au prince. « Vous allez l'aider à transporter Jenny. »

« Jenny ? », répéta-t-il. « Vous connaissez cette fille ? Vous êtes là pour *cette* fille ? »

« On aura tout le temps d'en parler », répondit Marylin. « Mais la priorité, c'est d'emmener Jenny. Kew, elle est transportable ? »

Le Coréen passa quelques secondes à ausculter Jenny. Des séries de courbes et de chiffres s'affichaient sur les moniteurs. Il inclina la tête. « Les drogues se dissipent. Je peux la débrancher. J'aurai besoin de cinq minutes. »

Marylin secoua la tête. « Tu as trois minutes. Tu t'assures qu'elle va bien, tu prends le fauteuil roulant et on file. Trois minutes », répéta-t-elle.

« *Exfil* moins trois », cria-t-elle alors à Teddy, qui était toujours à l'extérieur.

Alors, Marylin se tourna vers le prince. « Cela nous laisse trois minutes pour commencer à parler. »

« Vous ne comprendriez pas », répliqua le prince.

« Je risque de vous surprendre. Je suis à la fois belle et intelligente », cingla Marylin.

« Vous n'êtes rien », répliqua le Saoudien. « Vous n'êtes rien du tout. »

« Peut-être », admit Marylin. « Mais en ce moment, c'est moi qui tiens le pistolet et je te promets que mon index me démange. Depuis que je t'ai vu violer cette pauvre fille sur ton yacht. Cette fille qui est allongée là, que tu as fait enlever par tes hommes de main, c'est ma nièce. J'ai promis à sa mère que je la ramènerai saine et sauve. À n'importe quel prix. S'il faut que je lui ramène ta tête tranchée en cadeau, ça ne me fera ni chaud, ni froid. Donc je te le redemande pour la dernière fois : pourquoi as-tu fait enlever ces filles ? Qu'est-ce que tu fais dans cette clinique ? »

Le prince avala sa salive avec difficulté. Il avait vu la fille égorger son homme de main et abattre le garde sans ciller. Elle ne semblait pas ressentir le moindre remord. Il comprit qu'elle n'hésiterait pas à le tuer non plus, tout prince de sang qu'il était.

« Je ne sais pas par où commencer ? », maugréa-t-il.

« Par le commencement ! », lâcha Marylin sèchement. Son doigt était visiblement de plus en plus crispé sur la détente de son arme.

« Tout doux… J'ai trouvé un message codé dans un manuscrit de Leonard de Vinci. Par hasard. Leonard était friand de ces messages. Par jeu, j'ai mis une équipe sur le coup. Après plusieurs mois de travail, mes hommes sont parvenus à décrypter le message. Il mentionnait l'existence d'une relique exceptionnelle. Un linge taché de sang, retrouvé par un prêtre au 15ème siècle, dans un tombeau juif à l'est de Jérusalem. Le tombeau n'avait jamais été ouvert jusque-là. Le prêtre était le premier à le visiter, invité par un maçon qui avait découvert son entrée alors qu'il cherchait à construire une maison. Le tombeau contenait plusieurs ossuaires. Notamment cinq pour qui les noms inscrits avaient frappé le prêtre de stupeur. Marie. Joseph. Judas, fils de Jésus. Matthieu, Mara. Et Jésus, fils de Joseph. »

« C'est une plaisanterie ? », demanda Marylin. « Tu vas m'expliquer qu'un prêtre a retrouvé le tombeau du Christ au 15ème siècle maintenant ? »

Le prince lui lança un regard de défi, et poursuivit. « L'ossuaire de Jésus, fils de Joseph, était recouvert d'un linge. Une tache de sang séché était visible au niveau de la poitrine du mort, là où la lance romaine était censée avoir frappé l'homme sur la croix. Le prêtre avait pris le linge avec lui et avait rapidement quitté Jérusalem pour rejoindre l'Europe. Il demanda une audience secrète au pape mais ne put jamais lui parler. Arrivant à Florence, il avait alors raconté son histoire au plus grand penseur chrétien de son époque, espérant qu'il pourrait l'aider à transmettre son message aux autorités du Vatican. Leonard de Vinci. Leonard travaillait sur son œuvre, l'*Adoration des Mages*, qu'il laissa tomber et qui resterait inachevée. Il s'enfuit dans la foulée pour Milan, sans explication, où il rédigerait les premières pages de son *Codex Atlanticus*. Ces pages-mêmes que j'ai pu lire. À la mort du prêtre, il cacha un deuxième indice dans le tableau sur lequel il travaillait alors. Indice qui devait donner l'emplacement de la tombe du prêtre, qui s'était fait inhumer avec le linceul taché de sang. Ce tableau, ainsi que le *Codex*, devaient être confiés au roi de France, qui protégerait ses secrets. L'histoire en décida autrement et égara à la fois le tableau et les premières pages du *Codex*, qui furent séparées du reste du manuscrit. J'ai pu voir ce tableau. Le *Salvator Mundi*… Le message était bien là. Toujours là, après toutes ces années… Mes équipes ont pu retrouver la tombe du prêtre. Le linge existait bel et bien. Il était dans un état de conservation exceptionnel, maintenu à une douzaine de degrés dans la tombe hermétique du prêtre, après avoir été conservé dans sa tombe à Jérusalem, pendant 1 500 ans. Toute l'histoire était bien vraie. Toute… »

« Je crains de comprendre la suite », l'interrompit Marylin. « Tu retrouves le linge censé porter le sang du Christ. Tu recrutes Kew qui t'a raconté qu'il pouvait cloner n'importe quelle cellule et recréer un être vivant à partir de traces d'ADN. Et comme tu es complètement illuminé, tu pensais inséminer un clone du Christ dans ces pauvres filles ? C'est pour ça qu'il te fallait une jeune fille vierge ? Tu voulais pousser le vice jusqu'à reproduire l'immaculée conception aussi, c'est ça ? Que ton clone soit né d'une fille vierge. Et j'imagine que tu te voyais en Ange Gabriel ? »

Le visage du prince se raidit. « Je ne m'attendais pas à ce que vous compreniez », lâcha le prince.

« Je crois que si », lui répondit Marylin. « *Le retour de Jésus sera le signe de l'heure du jugement dernier* » dit-elle en arabe, « c'est un verset de la Sourate 43 du Coran. J'ai étudié l'eschatologie islamique, vois-tu… La fin des temps… L'avènement du Mahdi… Gog et Magog. Tu crois que tu es le premier à partir dans ces délires. La moitié des terroristes islamistes sortent les mêmes élucubrations. J'ai fini par connaître par cœur des passages entiers de vos textes saints… »

« Pas un délire ! », répliqua vertement le prince. « Le sang du Christ ! Le propre sang de Jésus ! Le retour du Mahdi ! »

« Une tache de sang ! », répliqua Marylin. « Une tache de sang d'un homme *quelconque*, qui s'appelait peut-être Jésus, fils de Joseph. Du sang qui, d'après Kew, pourrait n'avoir que 1 500 ans et pas 2 000 ans. Du sang de n'importe qui… »

« Vous ne comprenez pas… Vous ne pouvez pas comprendre… Vous ne pouvez pas comprendre les implications d'une telle découverte… Les implications d'un retour du Mahdi… Sur mon pays… Sur le monde… »
Kew s'agita à cet instant à côté du lit. « Je pense que nous pouvons la transporter. »
Marylin acquiesça. « BLACKJACK, on sort dans dix secondes », lâcha-t-elle à Teddy. BLACKJACK était son ancien nom de code du SOG.
Kew attrapa délicatement Jenny et l'installa dans le fauteuil roulant. Puis il poussa le fauteuil vers le couloir. Marylin fit signe au prince de le suivre, le canon de son arme toujours orienté vers lui. Ils arrivèrent aux doubles portes coupe-feu. Derrière, Marylin retrouva Teddy. Il tenait encore son MP7, crosse dépliée fichée dans le creux de son coude. Dans le couloir, les corps sans vie de trois gardes étaient allongés. Il n'y avait plus aucune trace du reste du personnel, qui avait dû prendre ses jambes à son cou lorsque les tirs avaient commencé.
« Tu en as mis du temps », maugréa-t-il. « Il faut qu'on s'arrache. La police locale a dû être alertée par les laborantins… Je n'allais pas tous les tuer non plus… »
Marylin haussa les épaules.
« Et lui ? », demanda Teddy en regardant le prince.
« Lui il vient avec nous. On a encore des choses à se dire. »
« C'est toi le boss », répondit simplement Teddy. « Plus on est de fous, plus on rit… » Mais Teddy s'interrompit. Au bout du couloir, un mouvement venait d'attirer son attention. Marylin l'avait vu aussi.

« Contact avant ! », hurla Teddy en tombant à genoux, juste à temps pour sentir les balles fuser au-dessus de sa tête et à côté de lui.
Marylin eut les mêmes réflexes, conditionnés par des années de combats sur les pires champs de batailles. Elle plongea sur le fauteuil roulant pour pousser Jenny et la

mettre à l'abri derrière le coude du couloir, lui faisant une protection de son propre corps. Puis elle se releva et tourna le canon de son arme dans la direction du danger. Les assaillants étaient deux. Armés de fusils d'assaut équipés de réducteurs de son. Marylin réalisa immédiatement qu'ils n'avaient pas affaire aux gardes de la clinique. Ils avaient en face d'eux de vrais professionnels. Teddy avait eu le temps d'ajuster un premier tir de riposte, touchant l'un des deux hommes en pleine poitrine. Marylin entendit l'autre jurer, alors qu'il tirait son collègue dans une pièce pour le mettre à l'abri.

« Tu as une *flashbang* ? », demanda Marylin.

Teddy acquiesça et attrapa une grenade cylindrique dans son gilet tactique. Marylin prit la *flashbang*. « Tu me couvres », dit-elle à Teddy avant de sauter en avant. Elle parcourut les quelques mètres qui les séparaient de l'embrasure de la porte, arracha la goupille et jeta la grenade dans la pièce où les deux assaillants s'étaient réfugiés. L'explosion fut assourdissante. Mais Marylin avait déjà passé la porte, ses yeux brulants dans la poussière acide dégagée par le dispositif pyrotechnique. Elle tourna la tête vers l'angle opposé de la pièce, comme elle avait appris à le faire lors des innombrables séances de combat en milieu clos à Dam Neck. Et elle vit un homme à genoux, les mains collées à ses yeux. Elle leva le canon de son arme et pressa la détente à deux reprises, frappant l'homme en pleine tête. L'autre était à ses pieds, mortellement touché par Teddy. Rapidement elle fit le tour du reste de la pièce. Vide. Elle s'approcha des corps et neutralisa leurs armes. Elle fouilla le premier corps. Il portait un gilet en kevlar sous sa veste. Le gilet était de qualité correcte mais manifestement insuffisant pour stopper les munitions perforantes du MP7 de Teddy. Mais sinon, rien. Elle s'attaqua au second. Même gilet. Aucune identification. Mais elle trouva un téléphone portable qu'elle mit dans sa poche.

« Clair », dit-elle.

« Clair de mon côté », répéta Teddy. Marylin sortit de la pièce, retrouva le couloir.

« Comment va Jenny ? », demanda-t-elle alors qu'elle progressait jusqu'à la porte principale de la clinique, à l'affut d'une nouvelle embuscade.

La voix rauque de BLACKJACK résonna derrière elle. « Ça va. Toujours dans le coaltar. Mais elle n'a pas été touchée. Par contre les deux autres sont KIA[17]. »

Marylin jura et revint sur ses pas. Kew était au sol. Il avait reçu une balle en pleine tête qui lui avait emporté le haut du crâne. Et le prince était affalé contre le mur. Il y avait deux orifices sur sa poitrine, au niveau du cœur, et une flaque de sang était en train de se former au sol. Marylin chercha un pouls à son cou. Mais il n'y en avait plus. Le Saoudien était mort.

« Ils ont visé le Saoudien », dit Teddy. « Ils l'ont visé en premier. Puis le Coréen. C'étaient eux, les cibles. J'ai réagi trop tard. »

Marylin posa une main sur son épaule. « Sortons Jenny de cet enfer. Passe-moi ton MP7. »

Teddy acquiesça. Il tendit son fusil d'assaut à Marylin et attrapa Jenny, qu'il prit dans ses bras comme si elle avait été faite en plumes.

« Allons-y », lâcha Marylin. Et la jeune femme ouvrit la marche dans le couloir de la clinique, en direction de la porte principale. Le canon du MP7 suivait son regard, à la recherche de nouvelles proies à abattre.

Chapitre 9

« Comment va-t-elle ? », demanda Teddy.

Le médecin esquissa un sourire fatigué. « Elle ne se souvient de rien. Toujours pas d'appétit et des nausées. C'est l'effet secondaire des drogues qu'on lui a injectées. Mais elle se remet petit à petit. Elle est jeune et solide. »

Teddy tendit au médecin une poignée de rials mais l'homme secoua la tête.

« Garde ton argent, *habibi*[18] », lui répondit le médecin en secouant la tête. « J'ai laissé un remontant sur la table de chevet. »

Teddy posa sa main sur l'épaule du médecin omanais. « Merci encore, mon ami. Je te revaudrai ça. »

Le médecin descendit quelques marches d'escalier, mais se retourna à mi-chemin. « Et je te rassure. Je n'ai rien vu, rien entendu, et je ne connais ni la jeune fille, ni ton amie. »

Teddy lui fit un clin d'œil. « Quelle jeune fille ? Quelle amie ? »

L'ancien agent de la CIA regarda son ami médecin sortir de sa maison. Puis il retrouva Marylin dans la chambre où ils avaient installé Jenny. Marylin était toujours assise sur le bord du lit et elle tenait la main de sa nièce dans la sienne, lui caressant la tête de son autre main.

« Youssef m'a dit que Jenny se remettrait vite », dit-il.

Marylin acquiesça. « Oui. Elle vient de se rendormir », répondit-elle à voix basse. « Il m'a dit qu'elle pourrait prendre l'avion d'ici vingt-quatre heures. »

Teddy soupira. « J'ai déjà un plan pour vous faire sortir du pays. »

Marylin leva un regard embué de larmes vers lui. Elle était méconnaissable. Les traits de son visage apparaissaient presque transfigurés. Son regard avait perdu ses reflets métalliques. Ne restaient plus que les expressions d'une jeune femme fatiguée de trente ans. Marylin resta encore quelques minutes à caresser les cheveux en bataille de sa nièce, puis elle lâcha sa main et se leva.

« Tu as une idée de l'identité des deux tueurs de la clinique ? », demanda Marylin.

Elle avait retrouvé Teddy dans la cuisine de sa maison, et elle serrait une tasse de café fumant entre ses mains.

Teddy secoua la tête. « J'ai discrètement sondé quelques contacts. Rien. La police a débarqué à la clinique une heure après que nous soyons partis. Les autres filles ont pu être libérées. Les corps du prince et de Kew étaient encore là. Mais les cadavres des deux tueurs avaient disparu. »

« Disparu ? », répéta Marylin. « Comme par hasard… »

« Je ne sais que te dire. »

« Ils savaient ce qu'ils faisaient. Ils n'étaient pas des locaux, ni des Arabes. Occidentaux. Europe de l'Ouest, sans doute, vu leur tête. Mercenaires ? »

« Possible », admit Teddy. « Mais des mercenaires d'un bon niveau. »

« Et bien équipés », ajouta Marylin. « Gilets en kevlar ; *Honey Badger* équipés de silencieux… Ce ne sont pas des armes courantes, Teddy. On avait essayé les *Honey Badger* à Dam Neck. Les squadrons d'assaut en étaient restés au MP7 et à l'HK416 court, malgré de bons retours de l'arme, notamment chambrée en .300[19] subsonique. Ce n'est pas le genre de fusil d'assaut que tu retrouves entre les mains de la pègre. Trop cher. Trop sophistiqué. »

« Je sais, miss », dit Teddy. « J'ai fait le tour des SMP[20] actives dans la région, et je n'ai rien trouvé qui corresponde. Et pourquoi ont-ils abattu le prince et Kew en priorité ? Cela ne tient pas debout non plus. Ils bénéficiaient de l'effet de surprise. J'ai honte de la dire, mais ils auraient pu me loger une balle dans la tête avant que je comprenne ce qui m'arrivait. Ce n'était pas une erreur de tir. Le prince et Kew étaient les cibles. »

« J'y ai réfléchi aussi », répondit Marylin. « Cela veut déjà dire qu'ils n'étaient pas là pour assurer la protection de la clinique. »

« Un contrat ? Un contrat sur le prince et Kew ? »

« Peut-être… Mais pourquoi les liquider dans la clinique ? Et comment ont-ils su qu'ils étaient tous les deux là-bas ? Et comment le prince a-t-il fait pour apparaître ainsi, tel un cavalier d'Offenbach, au moment même où on extrayait Jenny ? »

« Ça fait beaucoup de questions », soupira Teddy.

« Oui », dit Marylin, les yeux perdus dans la vapeur d'eau qui s'échappait de sa tasse de café. Au bout de longues secondes, elle leva à nouveau les yeux vers l'ancien agent du SOG.

« Teddy, je ne sais pas comment te remercier. Tu n'étais pas obligé. Tu m'as sauvé la vie et tu as sauvé la vie de Jenny. » Teddy fit un geste de la main, comme pour balayer ça. « Tu aurais fait pareil pour moi, Marylin… Et puis tu es une fille bien. »

« Je ne sais pas », maugréa-t-elle. « Tu as pris tous les risques pour moi. Tu es sûr que les autorités d'Oman ne pourront pas remonter jusqu'à toi ? »

Teddy secoua la tête. « Peu de chance. J'ai neutralisé les caméras de surveillance de la clinique. Et crois-moi, entre les tirs, la poussière et les explosions, je pense que les quelques témoins qui ont réussi à s'enfuir me décriront plus volontiers comme une bête des enfers à cornes qu'en ancien espion de la CIA moniteur de plongée sous-marine à Mascate… Sans compter que les médecins de la clinique auront quelques autres priorités : comme expliquer à la police ce que faisaient ces jeunes filles faisaient là, séquestrées et droguées, et pourquoi un prince saoudien s'est fait liquider dans leur établissement. Ça va les occuper un moment… »

« Ce n'est pas faux. Et puis on a vu que ceux qui se trouvent derrière tout ça n'hésitent pas à faire disparaitre les traces. De là à ce que les médecins survivants aient des accidents en prison… »

« Tu penses comme moi que la piste ne s'arrête pas au prince saoudien ? »

« Visiblement pas », répliqua Marylin. « Les deux mercenaires n'étaient pas ses hommes de main. En remontant jusqu'à Kew, j'ai dû mettre en branle une machine infernale. Des intérêts bien au-dessus de Kew et du prince ont dû prendre peur. Et décider de couper les branches pourries. »

« Comment le prince savait-il que tu étais là ? Kew lui avait-il parlé ? », demanda Teddy.

Marylin secoua la tête. « Je ne pense pas. Kew était un lâche. Il était terrorisé. Ce n'est pas lui qui a parlé. »

« Kew avait annoncé sa visite. Le prince était peut-être là pour lui parler ? Pour évoquer avec lui les progrès insuffisants des travaux ? »

« Possible », admit Marylin. « Kew ne l'a jamais réellement avoué, mais je suis convaincue qu'il avait embobiné tout le monde. Il a promis quelque-chose qui était impossible techniquement. Et d'après lui, de toute façon, l'ADN retrouvé sur le linge était inexploitable. Trop dégradé par le temps. »

Teddy avala une gorgée de café. « Tu crois à cette histoire ? Leonard de Vinci ? Jésus Christ ? »

Marylin haussa les épaules. « Je peux bien croire que Leonard de Vinci ait pu gober l'histoire extravagante d'un prêtre du Moyen-Âge. Ou qu'il se soit simplement amusé à cacher un jeu de piste dans ses œuvres, pour occuper les générations futures qu'il espérait avides de théories complotistes ou de mystères. Maintenant, si tu me demandes si je crois que le linge était le vrai Saint Suaire ? Absolument pas. D'après Kew, l'analyse de l'ADN mitochondrial suggérait plutôt une datation autour du 4ème ou 5ème siècle. Mais il m'a dit que ce n'était pas précis. Et que le sang pouvait effectivement être plus ancien. Ou plus récent. »

« C'est à peine croyable », lâcha Teddy.

« Ce qui est à peine croyable, c'est le plan que des êtres doués de raison ont pu échafauder sur la simple croyance que ce sang pouvait être celui du Christ. Que le linge ait été authentique ou pas, comment ont-ils pu imaginer un projet aussi grotesque… et ignoble ? Des jeunes filles, Teddy ! Des vierges ! Ces simagrées auraient presque été ridicules si la vie de fillettes n'avait pas été en jeu. »

« Qu'en attendaient-ils ? », demanda Teddy. « Imaginons qu'ils aient été crédules… Imaginons même qu'ils aient eu raison : qu'en attendaient-ils ? Qu'est-ce qu'un enfant engendré de la sorte aurait pu leur apporter ? Ils n'ont pas pu prendre de tels risques pour rien. Simplement pour le plaisir de créer une chimère ! Des dizaines de millions de dollars ont été investis dans cette affaire… Des centaines ! Si j'en crois ce que le prince t'a dit, le *Salvator Mundi* aurait pu être acheté à dessein ! Tu imagines. L'acquéreur a déboursé 450 millions de dollars pour l'avoir ! 450 millions ! On ne dépense pas des sommes pareilles sans en attendre un retour sur investissement substantiel… »

« Oui… Et je doute que le simple fait de montrer un bébé à la presse en prétendant qu'il s'agit du clone du Christ puisse être une satisfaction suffisante pour justifier de tels investissements, en effet. Peut-être un délire mystique ?

Lorsque j'ai déclamé au prince une Sourate du Coran sur l'apocalypse, j'ai vu que j'avais touché une corde sensible. Peut-être a-t-il légitimement cru que l'enfant pourrait être Jésus Christ ? Ou son clone ? Ou sa réincarnation ? Enfin, je ne sais plus. »

« Et qu'il parviendrait ainsi à déclencher l'apocalypse, en forçant le retour du Mahdi ? », demanda Teddy, visiblement aussi perplexe que Marylin.

La jeune femme haussa les épaules. « Je ne sais que te dire. J'ai croisé des illuminés encore plus illuminés, lors de mes déploiements. Mais ce qui rend cet illuminé unique, c'est cette espèce de mélange entre scientisme et superstition. Les djihadistes convaincus sont rarement des lecteurs de revues scientifiques… Les djihadistes et les salafistes rejettent la science, au contraire. Ils ne financent pas des recherches sur le clonage d'êtres humains. Ils se contentent de la superstition… »

« Oui, je suis d'accord », reconnut Teddy.

Les deux espions restèrent muets pendant quelques instants, à siroter leur café qui avait eu le temps de refroidir. Marylin fut la première à rompre le silence.

« Est-ce que tu as pu en apprendre plus sur la clinique ? Qui l'a financée ? Le prince ? »

Teddy secoua la tête. « Je n'ai pas beaucoup progressé là-dessus non plus. Un jeu de sociétés écrans installées dans le Golfe et dans les Antilles, apparemment. J'imagine que les commanditaires réels auront bien caché leurs traces. »

« C'est possible, en effet », admit Marylin. « Mais ils ont pu commettre des erreurs ! »

« Je te répète ce que je t'ai déjà dit, miss. Si tu veux aller plus loin dans cette enquête, tu auras besoin des ressources de l'Agence. Ou du FBI. Tu ne pourras rien faire seule. Et je ne suis pas magicien non plus. »

Marylin esquissa un sourire. « Je sais, BLACKJACK. Je sais. » Elle reposa sa tasse. « Et j'ai encore le téléphone que j'ai pu récupérer sur l'un des tueurs. Il est bloqué par un code numérique. Mais si je pouvais le casser, je pourrais peut-être remonter la piste. Au moins savoir qui les a engagés. »

« Pareil », répondit Teddy. « Avec les moyens de la NSA ou du FBI, tu pourrais y arriver. »

« Oui… Du NSA ou du Bureau », répéta Marylin. Elle resta pensive pendant quelques instants. Et lorsqu'elle releva les yeux vers Teddy, l'éclat métallique était revenu.

« Je pense que je sais qui pourra m'aider… »

*   *   *

Depuis les années 50 et la guerre du Corée, la CIA avait toujours entretenu des contacts étroits avec des compagnies aériennes plus ou moins exotiques. Cela lui avait permis, durant tout ce temps, de pouvoir transporter agents, unités paramilitaires, armes, munitions, dissidents, argent, matériel vers les pays les plus éloignés, sans éveiller l'attention. À ses meilleures heures, l'Agence ne se contenta d'ailleurs pas d'affréter des avions pour ses affaires, elle *possédait* plusieurs compagnies. La plus célèbre restait la fameuse *Air America* qui avait fait le bonheur d'Hollywood.

Teddy n'eut que quelques coups de fils à passer avant de dégoter deux places dans un *Falcon* 7X en partance de Mascate et à destination de Baltimore, via Amman en Jordanie. Deux places et pas de questions indiscrètes, cela allait sans dire. À la réflexion, Marylin aurait pu taper à la porte de l'ambassade américaine à Mascate, en tenant Jenny par la main. Mais elle avait accepté la proposition de Teddy. Surtout pour épargner à sa nièce les interrogatoires et les questions indiscrètes. Elle aurait déjà fort à faire au pays avec le FBI. Et Marylin avait également conscience qu'il lui

181

fallait fuir au plus vite un pays dans lequel elle avait tué de sang-froid.

Le Dassault *Falcon* 7X se posa en fin de soirée sur la piste de l'aéroport *Martin State*, à une vingtaine de kilomètres à l'est de Baltimore. Le *Falcon* roula jusqu'à un hangar, situé à l'écart du terminal et s'immobilisa sous une pluie battante. Marylin attrapa la veste en laine que Teddy lui avait donnée et la posa sur les épaules de Jenny. La météo dans le Maryland en automne n'était pas la même qu'à Oman. L'air était désormais froid et humide. Mais c'était l'air des États-Unis. L'air du pays. Et sa nièce revenait saine et sauve. C'était ce qui comptait pour elle. Deux Chevrolet Suburban aux vitres fumées s'étaient garées à proximité. Les portes de la première s'ouvrirent alors que Marylin aidait Jenny à descendre les marches vers l'asphalte sombre. Un homme d'une quarantaine d'années sortit et déploya un immense parapluie noir. Il était brun, grand, petites lunettes à montures métalliques. Il portait l'incontournable costume sombre du Bureau. Marylin s'était toujours demandé si les agents du FBI disposaient d'une offre quelconque sur ce modèle. S'il s'agissait d'un uniforme. Au DEVGRU ou à la CIA, il y avait plus de variété dans les tenues vestimentaires, entre le treillis de combat et la robe de soirée éblouissante. Mais les deux organisations n'étaient pas comparables. Le FBI était une agence officielle. Les autres étaient des unités *clandestines*. Officiellement clandestines.

Tenant Jenny par l'épaule, Marylin se dirigea directement vers Gleason. Immédiatement, un autre agent du Bureau apparut et aida Jenny à monter à l'arrière de la deuxième Suburban.
« Je te rejoins tout de suite, petit cœur », dit Marylin à sa nièce. « Tu es à la maison. Ces hommes appartiennent au FBI. Tu es en sécurité. Il ne peut plus rien t'arriver. »

Jenny acquiesça, l'air toujours perdu et Marylin la vit disparaitre dans la Chevrolet, qui démarra immédiatement et s'éloigna.

Marylin resta seule avec Gleason, désormais abritée sous le même parapluie.

« STARDUST, cela fait un bail », commença Gleason.

« Je pense qu'on peut oublier les surnoms désormais. J'imagine que vous avez pu découvrir mon identité réelle ? »

Gleason acquiesça. « Marylin Gin. J'ai pu parler avec votre sœur en effet. Mais pour ce qui me concerne, STARDUST me convient très bien. Comment va votre nièce ? »

Marylin haussa les épaules. « Elle ne réalise pas, et c'est très bien comme ça. Elle a été droguée à Penrose et s'est réveillée dans une chambre à Oman, après qu'elle ait été libérée. Rien ne s'est passé entre les deux, pour elle. Rien qu'elle ait vu. Rien dont elle ait eu conscience. »

« Libérée par la force ? », tenta Gleason.

Marylin secoua la tête. « Je vois où vous voulez en venir. Elle a été libérée... Comme les autres filles qui avaient été enlevées, comme elle. C'est tout ce qui compte pour moi. »

Gleason perdit son regard dans le sien. Il cherchait à la jauger, de toute évidence. À sonder son âme. Puis il finit par esquisser un sourire.

« Je suis un homme simple, STARDUST. J'appartiens au FBI, pas à la police d'Oman. La libération de votre nièce était ma priorité. Elle est libre. La seule question qui reste en suspens, pour moi, concerne les ramifications américaines de ce drame. »

« En effet », admit Marylin. « Il y a eu un mort. Le pauvre Will, assassiné sur le sol américain par ceux qui ont enlevé Jenny. Et les choses ne s'arrêtent peut-être pas là. »

« Que voulez-vous dire ? », demanda l'agent spécial Gleason, en fronçant les sourcils.

« Est-ce que vous auriez un coin plus tranquille. Pour parler ? Et un coin plus sec, aussi ? »

Gleason constata à cet instant que l'eau de son parapluie avait coulé dans le dos de Marylin. Il lui fit signe de monter à bord de sa Chevrolet.

*   *   *

Gleason reposa le téléphone portable que lui avait tendu Marylin.

« C'est dans nos cordes », répondit-il simplement. « Après, je pense que je ne vous surprendrai pas en vous disant que le FBI fonctionne différemment des organisations qui vous sont familières… Nous travaillons dans le cadre de la loi, sous le contrôle du juge. »

Marylin soupira. « Je sais tout ça, Gleason. Mais le monde réel n'est pas toujours aussi simple. Vous êtes bien placé pour savoir que, parfois, il faut savoir faire preuve d'initiatives… »

« D'initiatives illégales ? »

« D'initiatives », répéta Marylin. « Qui vous dit que ce téléphone portable a été obtenu illégalement ? »

Gleason esquissa une mimique sans équivoque. « STARDUST, ce que j'ai toujours apprécié avec vous, et avec vos collègues du JSOC, c'est que vous ne m'avez jamais pris pour un imbécile. Ce n'est pas nécessairement le moment de commencer, n'est-ce pas ? »

Marylin inclina la tête. Elle resta silencieuse quelques secondes, comme si elle réfléchissait aux conséquences de ce qu'elle s'apprêtait à lui révéler. « Ce que je vais vous dire devra rester entre nous. Nous sommes bien d'accord ? »

Gleason acquiesça. « On se connait. Je joue réglo et je n'ai jamais rien fait qui puisse mettre en danger la vie d'Américains sur le terrain. »

« Je sais, Gleason », admit Marylin. « C'est aussi pour cela que je vous ai contacté *vous*… Ce téléphone était en possession des mercenaires qui ont fait le carton à la clinique à Oman. »

Gleason fronça les sourcils. « Qui ont fait le carton ? Qu'est-ce que cela veut dire ? »

« Qui ont tué le prince saoudien, et d'autres… Certainement un contrat… »

« Et vous le savez parce que ? »

« Je le sais », trancha Marylin. « Comme je sais que le prince n'était pas le responsable ultime de toute cette horreur. Il y a quelque chose d'autre au-dessus. *Quelqu'un* d'autre au-dessus. Quelqu'un qui a tiré les ficelles. Quelqu'un qui a cherché à nettoyer les traces qui auraient pu permettre de remonter jusqu'à lui, lorsqu'il a compris que son opération était compromise. »

« Je vois, STARDUST. J'espère que vous réalisez qu'on marche sur des œufs dans cette affaire. Le prince saoudien dont vous parlez était l'un des plus proches collaborateurs du prince héritier du Royaume… Qui est, je vous le rappelle, l'une des personnes les plus puissantes du monde… »

« Et l'une des plus proches de la Maison Blanche, je sais, Gleason. Mais si ça peut vous mettre à l'aise, je ne pense pas que le prince héritier soit impliqué. »

« Et comment le savez-vous ? Il pourrait être le commanditaire ultime que vous venez d'évoquer. Ce serait l'hypothèse la plus évidente, d'ailleurs. Le projet est démasqué, il fait exécuter les lampistes qui s'en occupaient pour lui… »

« Justement », répondit Marylin. « Ce qui est évident est le plus souvent faux. Et j'ai un autre indice : les opérations clandestines saoudiennes sont rarement sous-traitées à des non nationaux… Et *'rarement'* est un délicat euphémisme pour *'jamais'*. Or, là, en dehors du prince qui a été liquidé, il n'y avait aucun autre Saoudien. Uniquement des hommes de main étrangers. Ce n'est pas ainsi que fonctionne Ryad. »

« Justement. Cela renforcerait l'hypothèse d'une action clandestine compartimentée », tenta Gleason.

« Je n'y crois pas », répéta Marylin. « Et nous avons le moyen de tirer cela au clair », ajouta-t-elle en faisant un signe du menton vers le téléphone portable.

L'agent du FBI se cala contre le dossier du fauteuil. Ils s'étaient installés dans un bar désert de la banlieue Est de Baltimore, loin des bâtiments officiels et des oreilles indiscrètes.

« Je vais voir ce que je peux faire », finit par lâcher Gleason. « Mais j'ai une question pour vous, STARDUST. »

« Posez-la toujours », répliqua Marylin. « Je crois que vous avez compris comment je fonctionne. Je ne sais pas si je pourrai vous répondre, ni vous apporter une réponse qui vous satisfasse. »

« Certes », admit Gleason. « Ma question est plus basique que ça : Jenny a été libérée. Pourquoi continuez-vous ? Qu'est-ce qui vous motive ? Je ne suis pas stupide : je sais que vous êtes pour quelque-chose dans la libération de votre nièce. J'entends votre point sur les mercenaires chargés du nettoyage. Mais j'ai la conviction que le carnage à la clinique est sans doute *aussi* le résultat de l'opération de sauvetage qui a mal tourné. Mais comme je vous l'ai dit, je ne suis pas policier à Oman. Je suis agent fédéral américain. Ce n'est pas à moi de tirer cette partie de l'affaire au clair. Je veux juste m'assurer, pour ma part, qu'il n'y aura pas une pile de cadavres sur le sol des États-Unis. Et qu'ici, les choses seront faites dans les règles de l'art. »

« Dans les règles de l'art ? »

« Oui », insista Gleason. « Ici, on monte un dossier, on cherche des preuves, puis on arrête les gens pour les juger. C'est comme ça qu'on fonctionne. C'est comme ça que *je* fonctionne aussi. On n'exécute pas les gens pour se venger. »

Marylin ne put retenir un sourire. « Je ne sais pas ce que vous avez en tête, ou l'image que vous avez de ma profession, mais je n'ai jamais tué personne pour me venger », dit-elle. « Il ne faut pas croire tout ce qu'on raconte sur le JSOC. »

« Bien sûr », répondit Gleason sur un ton qui trahissait son immense perplexité. « Je repose donc ma question : qu'est-ce que vous cherchez à découvrir ? Qu'y a-t-il pour vous désormais dans cette affaire, maintenant que Jenny est libre et en sécurité ? »

« La vérité », répondit simplement Marylin. « La vérité », répéta-t-elle. « Tenez-moi au courant pour le téléphone », dit-elle à Gleason. Puis elle se leva et sortit du bar. Elle avait laissé sur la table un numéro de téléphone griffonné sur un bout de papier.

L'agent spécial Gleason la regarda se lever et sortir, sans un mot. Ni sans un geste pour la retenir.

*   *   *

« Oh ma chérie ! », cria Karen en embrassant sa fille.

« Maman… Maman », se contenta de répéter Jenny, en boucle. Que pouvait-elle dire d'autre ?

Marylin avait préféré rester en retrait. Elle remercia l'agent du FBI qui les avait conduites depuis l'aéroport du coin. L'homme inclina la tête, remonta dans sa voiture, et disparut. Ni Jenny, ni Marylin n'en avait fini avec le Bureau. Mais Gleason avait demandé à ses hommes de les laisser tranquilles pendant quelques temps.

Marylin resta là, à regarder sa grande sœur et sa nièce enlacées, juste devant le porche de leur maison de Penrose. Elle réalisa qu'elle n'avait jamais embrassé sa sœur. Elles ne s'étaient jamais entendues. Jamais comprises. Marylin ne se l'était jamais avoué, mais c'était aussi sa famille qu'elle avait fuie, lorsqu'elle avait rejoint l'armée. Pas parce qu'on l'aurait maltraitée, loin de là. Mais parce qu'on ne l'avait jamais comprise. Et parce qu'elle avait pensé, toutes ces années, qu'on ne l'avait jamais aimée. Pour elle, ses parents avaient aimé une projection, une fille qui n'avait jamais existé. Ils avaient aimé une Marylin imaginaire. La Marylin qu'ils auraient espéré avoir. Une autre Karen. Marylin avait mis du temps à l'accepter. Elle avait mis du temps à s'accepter, *elle-même*. À accepter ses contradictions. À canaliser cette colère qui l'envahissait parfois. Cette colère qui n'était qu'une haine d'elle-même. Une punition qu'elle se serait infligée pour ne pas être pas celle que sa famille aurait attendue. Elle avait mis du temps à le comprendre. À *se* comprendre. L'armée l'avait aidée. Le DEVGRU l'avait aidée. Tim l'avait aidée. Ils avaient donné un but à sa vie. Un moyen de canaliser son énergie. De faire triompher sa face lumineuse sur celle, plus sombre, qui l'avait dirigée si longtemps. Elle avait cette violence en elle. Cette impatience. Cette rage.

« Marylin, viens ! »
Marylin s'éloigna de ses songes et revint à Penrose. Sa sœur était là, le visage trempé de larmes, serrant toujours Jenny. Mais elle avait tendu un bras vers elle. Marylin se rendit enfin compte qu'elle tremblait. Les deux femmes qui se tenaient là, devant elle, étaient de son sang. Depuis la mort de ses parents, elles étaient sa dernière famille. Sa *seule* famille. Elle venait de risquer sa vie pour une nièce qu'elle avait si peu vue, dans sa vie. Toujours tremblante, elle s'approcha à pas lents de Karen. Et, pour la première fois de sa courte existence, elle se retrouva dans les bras de sa sœur. Marylin avait déjà vécu l'équivalent de mille vies humaines, vu plus de sang, de drames, de violence que la plupart des gens ne pourraient jamais l'imaginer. Elle avait tué, déjà. Bien avant ces derniers jours. Elle avait tué pour

son pays. Elle avait vu des frères d'armes tomber au combat. Elle avait senti de près l'odeur de la mort. Jamais elle n'avait pleuré, alors. Mais là, dans les bras de sa sœur, elle ne put retenir ses larmes.

« Merci, petite sœur. Merci de m'avoir ramené Jenny. Merci de m'avoir ramené ma fille. »

À suivre...

Notes de l'auteur

Les lecteurs qui me suivent depuis quelques années déjà se demanderont bien pourquoi je me suis engagé dans cette galère. Ce roman est-il un thriller historique ou ésotérique ? Ce n'était pas l'objet. C'est avant tout un divertissement, si tant est que les sujets qui sont soulevés dans cette première partie puissent être qualifiés de distraction ! Comme dans mes romans précédents, j'ai laissé divaguer mon imagination, en prenant bien soin de me raccrocher à des éléments authentiques et contemporains. La traite des blanches vers le Moyen-Orient est parfaitement documentée. Tout comme les recherches scientifiques sur le transhumanisme et les manières de prolonger artificiellement l'espérance de vie humaine, ou de cloner des individus. Toutes les informations scientifiques proposées sont également authentiques.

Ce roman est également l'occasion pour moi de creuser la personnalité de certains personnages. Celui de Marylin Gin est fictif, bien sûr. Mais je me suis inspiré de certains caractères, bien réels ceux-là. Elle est, d'une certaine façon, la chimère réunissant des traits que j'ai pu croiser chez certains opérateurs des services ou des forces spéciales – le tout en femme, bien sûr ! Je rappelle que certaines femmes sont effectivement actives au sein du *Navy SEALs Team 6* / DEVGRU, ainsi qu'à de la Delta Force. Mais pas dans les *squadrons* d'assaut. En France, les unités des forces spéciales sont quasi-exclusivement masculines, en première ligne. Mais des femmes ont été recrutées au GIGN, selon des critères aussi draconiens que leurs homologues masculins, et elles y font un travail remarquable.

Y a-t-il un message codé dans le *Salvator Mundi*, qui ait pu expliquer la somme extravagante qui a été payée lors de sa vente aux enchères ? Je n'en ai aucune idée. J'en doute. Ce serait une coïncidence. Y a-t-il un message codé dans le *Codex Atlanticus* ? Je n'en ai pas la moindre idée. Je ne suis pas Dan Brown – que j'adore par ailleurs, et qui a bien d'autres talents que moi. Je conte des histoires plus modestes. Mais j'ai trouvé intéressant de laisser planer ce mystère. Et surtout de le relier avec des considérations mystico-politiques actuelles.

Les quelques pages décrivant la vie politique en Arabie Saoudite sont authentiques. Le pays est certainement l'un des plus mystérieux qui soit actuellement. Les préjugés que nous pouvons avoir à son égard sont le plus souvent erronés. Le pays n'est pas une monarchie absolue au sens où Richelieu et Louis XIV l'avaient entendu. Il n'est pas une théocratie comme l'Iran peut l'être. Son régime marche effectivement sur deux jambes, aussi puissantes l'une que l'autre. Deux jambes incarnées par deux dynasties. L'alliance du sabre et du goupillon.

L'islam est la seule religion autorisée en Arabie, ce qui est quasi-unique au monde (il existe des minorités chrétiennes et juives en Iran, par exemple). Il est le « patient zéro » de l'islamisme politique, dont il a inventé le concept, bien avant la naissance des Frères Musulmans en Égypte. Et l'Arabie est à l'origine des formes les plus rétrogrades de l'islam : wahhabisme et salafisme. Mais il faut être réaliste. La diffusion de ces idéologies, et la complaisance de certains dirigeants occidentaux envers elles, ne s'expliquent pas uniquement depuis Ryad. L'Arabie Saoudite héberge peut-être les principaux lieux saints de l'islam. Mais ce n'est pas la raison pour laquelle le Président Roosevelt a signé un pacte, le 14 février 1945, avec le roi Ibn Saoud sur le pont du croiseur USS *Quincy*. Ce pacte était unique en son genre, à l'après-guerre, et a perduré jusqu'à aujourd'hui. Contrairement aux analyses rapides, le pacte n'a nullement visé à créer une alliance militaire et politique entre l'Arabie Saoudite naissante et les États-Unis. Le pacte a visé à sécuriser les approvisionnements pétroliers américains et à en bloquer l'accès à l'ours soviétique. Et il a visé à assurer à Washington une position de choix dans une péninsule et une région qui aiguisent bien des appétits. Ce pacte, renouvelé en 2005, visait à protéger la famille régnante, *intuitu personae*. Pourquoi eux ? Personne n'a réellement répondu à cette simple question, jusqu'à aujourd'hui. Tout comme personne n'a réellement soulevé la question de savoir pourquoi, parmi les 15 terroristes ayant frappé New York et Washington le 11 septembre 2001, 11 étaient Saoudiens.

Pour autant, l'Arabie Saoudite demeure un mystère. La complaisance américaine à son égard est un mystère. Et à l'inverse, la dureté des médias occidentaux vis-à-vis du prince héritier est également un mystère. La schizophrénie avec laquelle nous traitons ce régime est étonnante. Le prince héritier n'est certainement pas parfait. Mais il est la meilleure chance pour que ce pays parvienne à résoudre ses contradictions, et à réduire l'influence de religieux qui, le mot n'est pas trop fort, sont parmi les plus réactionnaires et obscurantistes que l'on puisse imaginer. Il existe des versions apaisées de l'islam. Le wahhabisme et le salafisme n'en font pas partie. Imaginer, certes de la pire des manières, un prince chercher à couper, une fois pour toute, le cordon religieux qui étouffe la société saoudienne, n'est peut-être pas totalement hors de propos.

Comme souvent, je laisserai les lecteurs intéressés par ces questions se rapporter à des ouvrages beaucoup plus érudits que mes romans. Je recommande notamment les essais de Pierre Conesa et de Gilles Kepel, que j'ai déjà évoqués dans le passé. Pour ce qui est de la suite et fin de « *Salvator Mundi* », je demande à mes fidèles lecteurs encore un peu de patience.

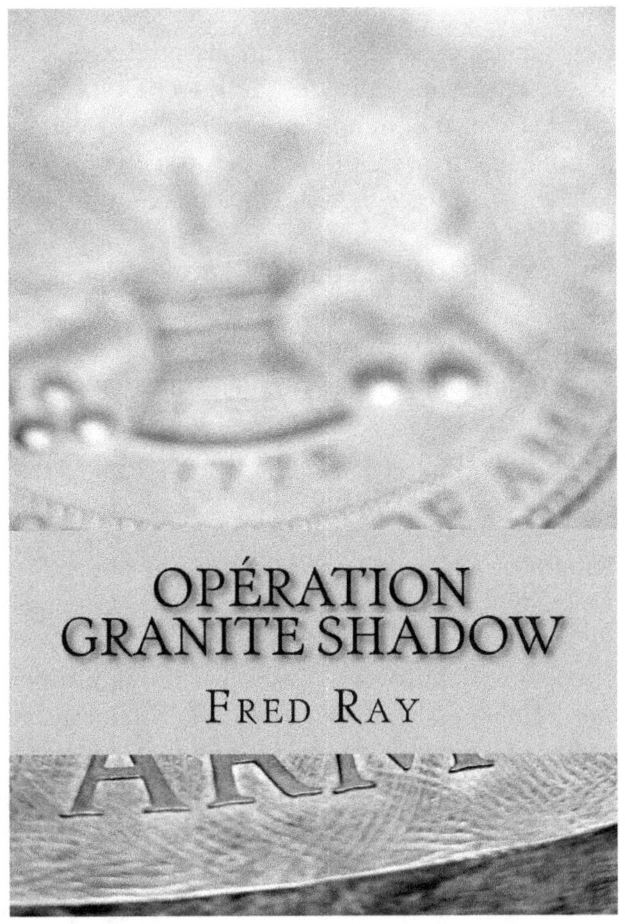

En 2005, un journaliste indépendant publiait dans le New York Times un article qui, pour la première fois, mentionnait l'existence d'un plan ultrasecret, connu uniquement des principaux dirigeants civils et militaires américains, au haut niveau. Le nom de code, non classifié, de ce plan était *Granite Shadow*. Il prévoyait qu'en cas de menace terroriste existentielle sur les Etats-Unis d'Amérique, les unités des forces spéciales du *Special Operations Command* - SOCOM - ainsi que celles du très secret *Joint Special Operations Command* - JSOC - prendraient la direction des opérations civiles et militaires. Ces forces, au premier rang desquelles la Delta Force et le *Navy SEALs Team 6* agiraient en soutien, pour certains, et à la place, pour d'autres, des forces de police et de la justice. Ce plan n'a jamais été déclenché... jusqu'à aujourd'hui...

Entre le Moyen-Orient, l'Europe et les Etats-Unis, une nouvelle pièce se joue. Tout partira de l'enlèvement de jeunes humanitaires en Syrie. Les efforts des autorités pour les libérer mettront à jour un plan machiavélique, sans précédent. Jamais les enjeux n'auront été aussi élevés. Pour un camp comme pour l'autre, la lutte n'aura qu'une seule issue : la victoire finale ou l'anéantissement.

D'un réalisme saisissant, « *Opération Granite Shadow* » plonge le lecteur dans la lutte anti-terroriste, la géopolitique du Moyen-Orient, dans le fonctionnement des services de renseignements, des forces spéciales. Tout comme dans « *Titanium Alpha - Who Dares Wins* », Fred Ray décrit la réalité, telle qu'elle est et non telle que les fictions la présentent en général. Glaçant, prémonitoire. Tout pourrait se passer ainsi. Tout se passera peut-être ainsi, un jour...

Sea of Deception

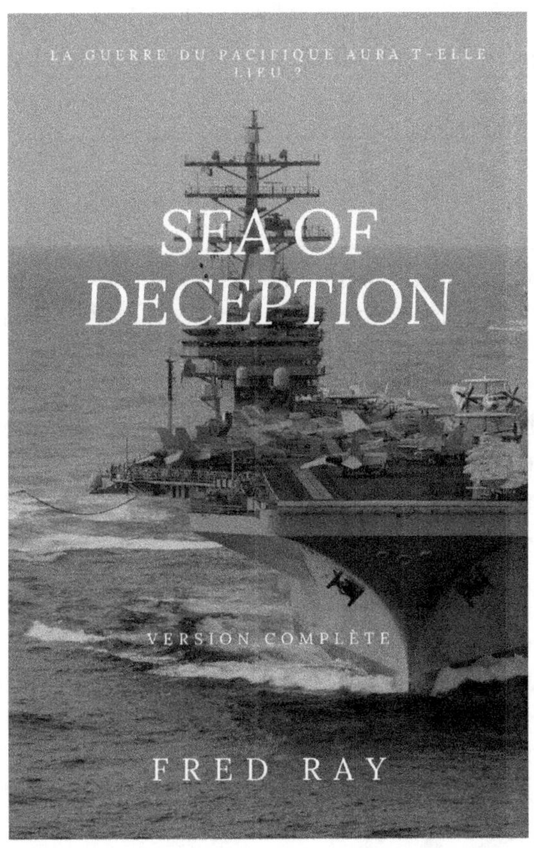

Des explosions déchirent la capitale de l'île de Taïwan. Une altercation navale oppose la marine chinoise et la marine vietnamienne dans l'archipel des Spratly. *A priori*, ces drames n'ont rien en commun.

Alors que le président des États-Unis pense avoir réglé la crise nord-coréenne, un nouveau front s'ouvre en mer de Chine. Pékin choisit ce moment pour avancer ses pions et revendiquer la totalité de l'archipel des Spratly, soulevant la colère et l'incrédulité de ses voisins. Entre Pékin et Washington, une crise qui couvait depuis des années éclate au grand jour. Les sanctions commerciales ne suffisent plus. Les forces navales se font face et la moindre erreur peut entraîner une conflagration. Mais que cherche réellement Pékin dans cette mer qui porte son nom ?

L'USS *Jimmy Carter*, dernière unité de la classe *Seawolf*, prendra la mer pour hanter les eaux de la mer de Chine et découvrir ce que la marine chinoise cache. Sur l'île de Taïwan, des opérateurs du *SEAL Team 6* mèneront l'enquête sur les attentats, en coopération avec la CIA. Chacun de leur côté, ils mettront à jour une part de la terrible réalité, à même de bouleverser l'équilibre géostratégique en Asie… et d'attirer le Pacifique jusqu'au bord de l'abysse.

Fire and Forget

Une voiture explose au cœur de Téhéran, tuant son conducteur sur le coup. Le jour même, un mystérieux raid aérien frappe plusieurs bases iraniennes en Syrie, décapitant l'état-major de la redoutable force al-Qods dans le pays.

Le Golfe Persique et le Moyen-Orient sont à nouveau sur le point de s'embraser. De part et d'autre, les ennemis fourbissent leurs armes. D'un côté, un régime iranien contesté, miné par les sanctions économiques, qui n'a plus rien à perdre. De l'autre, une administration américaine qui cherche à se désengager d'une région éruptive. Au milieu, Israël. Mais dans ce jeu mortel, l'État hébreu dispose d'un atout maître. Un espion. Infiltré au plus haut niveau de l'appareil militaire iranien.

Que ce soit à bord d'un avion furtif, d'un chasseur bombardier embarqué sur l'un des porte-avions géants de l'US Navy, dans la *Situation Room* de la Maison Blanche ou au sol, avec des forces spéciales, au cœur du territoire ennemi, Fred Ray nous fera voyager dans l'une des crises les plus dangereuses du 21ème siècle. Ce roman est une fiction. Mais une fiction qui, à tout instant, peut devenir réalité. Au rythme d'un suspense haletant, et avec une précision à couper le souffle, « *Fire and Forget* » nous montre ce que pourrait être l'avenir proche.

Silver Arrow

Dans le Pacifique Nord, un sous-marin d'attaque américain suit un sous-marin russe alors qu'il prépare l'essai d'un missile révolutionnaire. Une explosion retentit, coulant le navire russe et déclenchant une bataille navale sans précédent depuis la Guerre Froide. Quelques heures plus tard, des échanges de tirs entre forces spéciales américaines et russes en Syrie mènent les deux pays au bord d'un conflit chaud.

De part et d'autre de l'Atlantique, les positions se durcissent. Chaque camp accuse l'autre d'être responsable de ces drames. Pour la CIA, le timing de ces escarmouches est troublant, car au même instant, l'OTAN s'apprête à lancer un vaste exercice, prévu de longue date dans les pays baltes. Mais face à l'Alliance, et pour la première fois depuis l'effondrement de l'Union Soviétique, les forces russes décident d'organiser un contre-exercice massif. Intimidation pour préparation de guerre ?

De la Syrie jusqu'en Centrafrique, de la côte libyenne jusqu'à l'Argentine, une équipe conjointe de la CIA et du Joint Special Operations Command américain poursuivra son enquête. Mais arrivera-t-elle à découvrir la vérité et ce qui se cache et relie ces événements tragiques, avant que les tensions entre Russes et Américains ne dégénèrent en conflit ouvert ?

Dans « *Silver Arrow* », nous retrouverons des personnages désormais familiers de la série Titanium Alpha : Robert Black, opérateur de la Delta Force ; Mary Loomquist, analyste à la CIA ; Marylin Gin, ancienne opératrice du *black squadron* du *Navy SEALs Team 6*. Et comme toujours, « *Silver Arrow* » tiendra le lecteur en haleine, au long d'un suspense à couper au couteau… et d'un réalisme sans pareil. Le roman s'appuie sur une connaissance intime des mécanismes et unités militaires, ainsi que sur une analyse glaçante des situations géopolitiques. Les romans de Fred Ray demeurent des fictions. Mais tout pourrait se passer ainsi, dans la réalité. Tout se passera peut-être ainsi, un jour…

Sleeper Cell

« Il est mort comme un lâche ». Le président des États-Unis pensait avoir neutralisé la menace terroriste au Levant en éliminant le chef de l'État Islamique. Mais d'autres têtes surgissent et sortent de la clandestinité pour ouvrir de nouveaux fronts, bien éloignés de la Syrie et de l'Irak.

Au Sahel, la Force Barkhane lutte contre un ennemi sans merci, invisible, insaisissable. Sur un territoire grand comme l'Europe, les forces françaises tentent de contenir la poussée djihadiste et d'éviter l'effondrement de pays affaiblis, minés par la pauvreté et la corruption. Mais les choses se compliquent encore lorsqu'un nouvel émir tente de s'imposer dans la région, distribuant matériel et munitions, formant les terroristes à de nouvelles tactiques et à l'utilisation de nouvelles armes. Ce nouvel émir ne suit pas les mêmes règles que ses prédécesseurs. Il est différent. Et il dispose d'un atout maître dans sa manche. Un projet oublié depuis plus de trente ans. Des agents dormants, conditionnés pour répandre le chaos, derrière les lignes ennemies.

Du Niger aux banlieues de Washington et de Chicago, des marchés de Bamako aux contreforts du Burkina Faso, les forces spéciales françaises, les espions de la DGSE et de la CIA, les agents fédéraux, tous seront unis dans une course contre la montre, dans une lutte sans merci contre un ennemi qui ne connaîtra aucun répit. Un ennemi qui n'a plus rien à perdre. Et une perte à venger.

¹ *Basic Underwater Demolition / SEAL* : tests de selection des Navy SEALs.

² Diminutif du *Naval Special Warfare Development Group*, que l'on appelle aussi par son ancien nom de *Navy SEALs Team 6*. Le DEVGRU est une unité clandestine des forces spéciales américaines, rattachée au *Joint Special Operations Command* (JSOC – prononcer *djay-soc*). Le DEVGRU / SEAL Team 6 est l'unité d'élite qui a mené l'assaut contre le repère de Ben Laden à Abbottabad, au Pakistan.

³ Camp Peary, en Virginie, où la CIA, ainsi que d'autres agences de sécurité et de renseignement américaines forment leurs agents de terrain.

⁴ *Drug Enforcement Agency* : agence fédérale chargée de la lutte contre les narcotrafics.

⁵ Le président peut toutefois ordonner à l'armée fédérale d'intervenir pour rétablir l'ordre public à Washington, DC. La capitale ne dispose pas de garde fédérale.

⁶ Surnom du FBI.

⁷ Adresse de la Maison Blanche, à Washington.

⁸ Surnom du département d'État américain, en référence au quartier de Washington, DC, où son siège est installé.

⁹ *Survival, Evasion, Resistance and Escape.*

¹⁰ *Orange*, encore appelée *Task Force Orange*, est une unité clandestine de l'armée américaine, aujourd'hui rattachée au JSOC. L'unité a changé plusieurs fois de noms, et est parfois connue sous l'appellation *Intelligence Support Activity*, ou simplement « l'Activité ». Il s'agit d'une unité de reconnaissance, déployée en précurseur des unités d'assaut.

¹¹ Unité de la Delta Force dont la mission principale est d'opérer des reconnaissances sous couverture dans les pays de la zone grise notamment. Comme le *black squadron* du DEVGRU, le *funny squadron*, renommé squadron G (avec un rôle plus large) peut recruter des femmes.

¹² Descendants d'Abdelwahhab, qui ont occupé depuis le pacte

entre Abdelwahhab et ben Saoud les postes d'oulémas au Royaume, c'est-à-dire la haute hiérarchie religieuse du pays (rappelons que l'islam sunnite n'a toutefois pas de clergé organisé, contrairement à l'islam chiite).

[13] *Situation Report.*

[14] Étage de la direction de la CIA, à Langley.

[15] Base du DEVGRU, en Virginie.

[16] Calibre particulier utilisé par la firme allemande Heckler & Koch pour ses armes compactes. La munition offre une excellente capacité de pénétration tout en étant légère, ce qui réduit l'effet de recul lors du tir et le poids des chargeurs. Et l'un comme l'autre compte, sur le terrain.

[17] *Killed in Action.*

[18] Terme affectueux en arabe littéral pour « ami ».

[19] .300 *Blackout* : munition de calibre 7,62mmx35mm.

[20] Sociétés Militaires Privées.